相信阅读，敢于想象

银河行星拯救系列

2 | 极限生存

EXTREME SURVIVAL

银河行星————著

北京理工大学出版社
BEIJING INSTITUTE OF TECHNOLOGY PRESS

科幻硬阅读

DEEP READ

不求完美 追逐极致

目 录

第 1 章 "囚"房子

江渺 6 岁生日那天，她成了外婆江影竹的第二个学生。外婆的第一个学生是大她 3 岁的哥哥江浩，江浩已经读到四年级。外婆江影竹看上去比妈妈江春蓝大不了多少，爸爸常常说她们就像一对亲姐妹。外婆让江渺坐到哥哥坐过的课桌前，准备为她上病毒纪孩子们的人生第一课：人类是怎样被关进"囚屋"的？听到外婆说要上课了，江渺觉得很好玩，咯咯地笑出了声。

外婆却没有笑，表情肃穆："渺渺，不要笑！待会儿你就笑不出来了，你要有心理准备！"

其实江渺是有心理准备的，在她 4 岁以后，就有一长串问号从她机灵的小脑瓜中接二连三冒出来：为什么大人把我们住的房子叫作"囚屋"？为什么大人出去时都要穿那身叫"灰熊皮"的防护衣？为什么小鸟可以在蓝天上自由飞翔，鹿群可以在窗外的草地上快乐奔跑，而小孩子却只能被关在笼子一样的"囚屋"里？

在过后的两年里，江渺小脑瓜中的问号越来越多，多得像她头上浓密的鬓发一样数不清。她也曾问过哥哥，但江浩总是晃着胖乎乎的圆脑袋说："小孩子无权过问这些，等你长大后就自然明白了。"

自然，爸爸妈妈和外婆也不会告诉她，他们都必须恪守人类在病毒纪的一些基本规范——小孩子要到6周岁才有权知道"囚屋"的来历，就是其中之一。至于年满18周岁才有权走出"囚屋"去参加劳动，女孩子年满20周岁就必须"抽婚"等则是另外的规范，这些都与刚满6岁的江渺无关。

虽然江渺不能从大人和哥哥那里得到想要的答案，但她那对忽闪忽闪的大眼睛却常常像扫描仪似的，对着"囚屋"内的某个怪异部位和窗外四季变换的景物扫个不停，她那天生机灵的脑瓜儿除了睡觉以外，也在跟随她的目光不停地转动着。

她发现"囚屋"并不大，只有大小几间房，这是她3岁时就数清楚的。"囚屋"的墙壁摸上去凉凉的，很光滑，在南面还有一面桌面大小的透明窗。她有好多次都以为可以从那扇透明窗走到外面去，她也几次闹着要打开它，但等她亲手摸到它与四周墙壁天衣无缝的拼接时，才终于明白，那是一扇名字叫窗却永远打不开的窗。

她还发现在透明窗的上方，有一个像妈妈梳妆台上的圆镜子那样大的小圆洞，里面长年累月淌着紫色光雾，伴有极轻极轻的呼呼声，像是一个巨人的鼻孔在昼夜不停地呼吸着。这种巨人鼻孔在"囚屋"里还有 3 个，一个在爸爸妈妈的房间里，一个在她和外婆的房间里，一个在哥哥的房间里。

不过，对"囚屋"内的这些发现只让她兴奋了一小会儿，对窗外的发现才总是把她长长的睫毛惊得一颤一颤的。

她常常是在外婆给哥哥上课时，一个人安静地坐在窗前，把双手搁在方桌上，再把下巴搁在手背上，像个木偶似的望着窗外发呆。

窗外视野开阔，景色随四时变换。春天芳草萋萋，夏天野花烂漫，秋天草木萧瑟，冬天白雪皑皑。远处是一片葱郁的森林，有隐隐的流水声从林子背后传来，还有灰色建筑的尖顶在树梢间若隐若现。

她发现窗外就是一个天然大舞台，草地是台面，森林是布景，太阳和月亮是灯光，演员就是那些或独自登台，或成群结队自由散漫上台下台的动物。她看到踱着方步出场的老虎如处变不惊的古代武将，她看到一路奔跑的羚羊如匆匆来去的过客，她看到望着落日"呕呜"嗥叫的群狼如齐声放歌的歌手……她还看到一只长着人脸的黑猩猩大摇大摆地走过来，贴着玻璃咧着大嘴望着她一阵怪笑，然后用毛茸茸的长臂搔着后脑勺使劲摇头，好像在说：嘿嘿，人怎么都被关进笼子里了呢？

是啊，人怎么都被关进这种叫"囚屋"的笼子里了呢？江渺的外婆江影竹开始向她讲述那段最可怕的历史。那段历史一般都由孩子的外公外婆或者爷爷奶奶讲述，是每个孩子入学的第一课，也是必修课，孩子们的祖辈就是他们的第一任老师，他们就在这些兼做教室的"囚屋"里接受祖辈和电脑老师的非正规教育，直到年满 18 岁举行过"成年礼"为止。对要不要让孩子刚满 6 岁就去了解那段可怕历史，在大人中间曾经引发过激烈的争论，好多人都认为让如此幼小的心灵接触如此残酷的历史，会给孩子们的内心世界留下可怕的阴影。但是，越来越恶劣的生存环境却让人不得不做出这样一个选择。人类的管理者们认为让孩子们及早了解自身的生存状况是有必要的，这相当于为孩子们及时种下了抵抗病毒的疫苗。

"我们人类怎么就被关进'囚屋'里了呢？这都是那个代号叫 SX 的噬血病毒的杰作……"外婆的声音，把江渺带进那个 SX

病毒来临的时代，那个属于江渺外婆的外婆的时代。

想到那些像蜜蜂一样在她心中嗡嗡了几年的问号就要被赶跑，江渺显得很亢奋。她端坐在椅子上，一眼不眨地望着外婆那张不停翕动的嘴，可外婆的嘴却在说出"那是在 82 年前"的"前"字后，便停止了翕动，一双原本沉迷的眼睛突然睁得老大！

等江渺顺着外婆的目光转过头去，这才明白，外婆是被窗外突然出现的情景惊到了。

第 2 章 "疗养院"

江渺不明白，外婆为什么会被窗外的情景吓坏。她看到爸爸林间穿着一身工作装从一辆敞篷车边走过来，后面跟着 3 个"灰熊皮"。爸爸穿着白底布鞋的脚踏在满是野花的草地上，走得不紧不慢，从容地任由下午的阳光斜照在他的左脸上，任由温暖的风在他浓黑的头发上自由跳舞。爸爸微笑着，像平日里回家似的，走到自家的透明窗前，举起右手，贴着玻璃挥了挥。

"爸爸！"江浩爆出凄厉的哭声，举着双手贴着玻璃使劲拍打，就像是要拍碎玻璃去和一脸慈祥的爸爸紧紧拥抱。

"哥哥，你哭什么？你看爸爸正在对我们笑呢。"江渺觉得外婆和哥哥是不是疯了，不穿"灰熊皮"的爸爸多帅啊！江渺冲着爸爸咯咯直笑，她把自己的小手使劲贴在爸爸手掌的位置上，快乐地说："爸爸！快带我出去！我要到树林里去和你一起玩儿捉迷藏。"

江渺看到爸爸的额头贴在玻璃上，两片满是胡须的嘴唇动了动，接着，就有泪水从爸爸凹陷的眼眶中涌出来，在窗玻璃上滑出弯弯曲曲两条泪线。"爸爸怎么也哭了？他们究竟在哭什么呢？"江渺困惑。

爸爸没有回答江渺，把已经泪流满面但仍然笑着的脸移向哥哥，又对着哥哥的嘴唇做了个"隔吻"。

哥哥没有回应，反而哭得更凶，那双扒在透明窗上的手也拍打得更凶。外婆赶忙抱住他，哽咽着说："浩浩，别哭，你爸爸不会有事的，他过几天就会回来，他要为你们两兄妹带好多玩具回来。"

"不！你骗人，我知道爸爸不会回来了，他们要把他送到'疗养院'去等死。"

江渺看了看老泪纵横的外婆。"爸爸要死？爸爸怎么会死呢？"

这时，一个"灰熊皮"移到江渺面前，透过窗玻璃和透明面罩，江渺看到的是一张慈爱的脸，那张脸已经沾满了泪水。"妈妈！"江渺哇的一声哭了起来，边哭边问，"爸爸是不是真的要死了？他是不是不要我和哥哥了？"

妈妈轻轻点头，又轻轻摇头，隔着玻璃在江渺脸的位置做了个抚摸动作，随即转身，抱住她的丈夫林间使劲摇晃，摇得林间的脑袋像拨浪鼓一样晃个不停。江渺的妈妈江春蓝明白，林间离去之后，她就再也不可能有丈夫了，尽管她心里一直装着另外一个男人，但她此生绝不可能拥有他，就像当初就没能拥有他那样。

病毒纪的女孩儿实在可怜，她们只有一次婚配机会，并且这次机会不由自己把握，那台摆放在抽婚广场上的配婚机操纵了所有人的姻缘，它是病毒纪女孩儿和男孩儿唯一合法的"红娘"。

林间等妻子江春蓝摇累了，晃够了，才抱住她，拍打着她隔着"灰熊皮"的后背，喃喃地说了一会儿话，接着推开她，捏着她的两个肩膀，认真审视着透明罩里那张梨花带雨的脸，直到确认已经完全记住，才转过身，走向那辆一直等着他的敞篷车，头也不回，决然走了。

江春蓝的心一下子空了，空得好像身体都要飘起来。江春蓝很奇怪自己怎么会这样，自己是不爱林间的，不是说没有爱也就没有痛吗？可是她的心还是痛了，特别是在刚刚得知林间的防护服被划破的消息时，她的心就像被大黄蜂狠狠地蛰了一下，疼得钻心透骨。

当时，江春蓝正坐在病毒研究所的基因重组仪前，不停地拆解和重组那个该死的 SX 病毒。这项工作既简单又复杂，江春蓝已经日复一日、年复一年地干了 14 年，她不但完全掌握了 SX 的复杂结构、复制过程、变异规律和致病机理，而且连 SX 链条上的每一个 DNA 单元都能准确无误地背出来……但这些都没用，她依然拿 SX 毫无办法，人类依然要龟缩在憋闷的"囚屋"里苟延残喘，这让江春蓝常常有一种无力感。这天跟往常一样，江春蓝正坐在操作台前周而复始地做着无用功，不想一个电话打来：她丈夫出事了。于是她放下手头工作，赶到丈夫工作的电厂。她赶到时，林间已经脱掉了防护衣，"裸"在空气中的他，正在向接替者移交工作。看到匆匆赶来的妻子，他提起那件被刺破的防护衣，抱歉地对妻子说："对不起，都是我的错。我不该去招惹那个光棍儿，我不知道他的精神已经到了崩溃的边缘。我开玩笑说他快满 30 岁了还没被女孩儿抽到，看来这辈子是没希望了，没想到他就恼了，用钢丝抽我，防护服就破了，那该死的病毒就钻进来了……"

江春蓝隔着面罩，听不清他在说什么，但知道他是在向她解释出事的过程。但为时已晚，林间的生命已经无法挽留，5 天后，他就会在 SX 的准时发作中死去，谁也救不了他……江春蓝呜呜地哭了。

江春蓝在送林间回家与孩子们告别的途中，正好路过行刑广场，看到了那个害她丈夫的青年，他看上去比林间更英俊，要是回到病毒纪以前，他一定是姑娘们心仪的偶像。那青年已经被剥夺了防护衣，裸露着上身被绑在一根裸刑柱上。这是病毒纪对犯人最通行的惩罚，称为"裸刑"。这种刑罚不用人动手，只需把犯人的防护衣剥除，直接交给 SX 代劳就行。这些人被绑在那里后就没人去管他，连亲人也不敢去救他，因为一旦 SX 进入他们的身体，就等于宣判了死刑，只不过是缓期 5 天执行罢了。当然，提前执行的情况也是有的，因为时常有饥肠辘辘的狼群从刑场上经过，那一副副还残留在裸刑柱上的森森白骨，就是狼群代为行刑的结果。

那青年看到江春蓝走近，抬起了头。江春蓝本是想痛骂那人几句的，但看到那人年轻的面孔和眼神，心里却起了一丝惊慌——都是这个时代造成的，每个男人只能听凭婚配机的随机选择……就像当年的高若天——高若天可能就是这般模样吧？想到这里，江春蓝心中的恨意悄然消散，抬起右手，缓缓伸向那张年轻的面孔。那青年不等她的手接近，赶紧道歉："对不起，都怪我一时冲动，害了你的丈夫……"

"走吧，时间不早了。"护送林间的人催促江春蓝。

江春蓝知道，她的丈夫将被送到山后的"疗养院"里去，在那里，他将和那些与他同病相怜的人一道，度过病毒纪人最自由、最浪漫的最后 5 天。这 5 天，是病毒纪人既向往又害怕的，他们向往的是那 5 天的自由自在、无拘无束，而这种无拘无束是大多数人一辈子都得不到的；他们害怕的是第五天死神的降临，那死神来得总是很准时，从不爽约。

林间被那辆敞篷车带走了，他最后的归宿就是那个被称作"疗养院"的地方。江春蓝曾跟随一度位高权重的父亲去过那里，那是一个有如江南园林一般的好去处，有石有亭，有水有桥，有树有花。就让林间在那里好好地活 5 天吧，但愿他能在那里碰上一个爱他的女人，然后做一个浪漫的爱情五日游。这样，他就可以死而无憾了。

江春蓝不再去想林间，不再去想林间在最后 5 天里会怎样去度过。她深吸一口气，拖着那身笨重的"灰熊皮"，吃力地移到自家的"囚屋"前，把手伸向了那道密闭的门。

第 3 章　一小时

"囚屋"的外门缓缓打开，一个电梯间大小的过渡室露出来，等江春蓝完全进入，头顶就有紫色的光雾不断流淌下来，身后的门随即重新关上。江春蓝在确认防护衣无泄露后，就在过渡室的内门边的软椅上坐下来，开始耐心等待长达一小时的消毒过程。过渡室的内门是一扇透明门，等待消毒的人可以透过它和家人"眉目传情"却无法对话。

江春蓝看到她的两个儿女和母亲已经守望在门后，眼里噙着泪水，正向她打着欢迎的手势。她朝他们挥挥手，把头先后移到女儿、儿子和母亲的头前，分别和他们做了个"隔吻"。"隔吻"是病毒纪人与人之间最通行的礼节，就是隔着玻璃或防护面罩相互做一个努嘴的动作。江春蓝做完"隔吻"后就示意他们该干吗干吗，她要静静地坐一会儿。

"走吧，渺渺，让你妈妈好好休息，我们去给妈妈弄点好吃的。"江影竹把还在打着手势想再告诉妈妈点什么的江渺牵开了。

看到孩子们随外婆进了厨房，江春蓝突然感到一种从未有过的空寂，空寂得让她的心直往下沉。就在她的心不断下沉中，突然有许多往事从心底浮上来 —— 比如她的童年。

江春蓝的童年本该是幸福的，她生于官宦世家，拥有一定特权，她家的"囚屋"比别人家大，她家的食品比别人家好，她家的电话和电脑多数普通家庭是没有的 —— 进入病毒纪后，卫星通信只维持了短短几年就成为历史，手机成了孩子们的玩具，互联网退行到了有线通信时代。但相对优渥的条件并不能消除江春蓝童年时期的孤独。

江春蓝是在一个白雪纷飞的下午，在囚城医院降生的。7 天后，她被母亲贴在胸前，揣在防护衣里带回了家。两年后，春蓝断奶，妈妈重返病毒研究所，外公外婆不得不退休回家带孩子。对春蓝过早地来到人世，她外公可没少在她面前拍着她的小脸抱怨：嘿！小家伙，你要是晚来半年，外公就当上中囚长了。对外公的抱怨，小春蓝只觉得好玩儿，只觉得他那一本正经的样子特别好笑，直到在自己 20 岁生日的宴会上，看到刚刚当上大囚长的爸爸一脸得意时，江春蓝才体会到当年外公离开仕途重回

"囚屋"的痛苦。

江春蓝不明白病毒纪的人怎么会定那么多不合情理的规矩，像这种第一个孙辈满两周岁就必须退休的规矩，还有那个"抽婚"的规矩，都太混蛋，都应该废除。不然，外公外婆就不会走得那么早了。外公外婆不走那么早，江春蓝的童年就不会那么孤单无助……

江春蓝10岁那年，与她相依为命的外婆也离开了她，追随已经走了两年的外公去了，春蓝开始了长达8年的孤苦生活。她还记得外婆走后爸爸妈妈第一次离开她时的情景。

那是一个初夏的早晨，妈妈爸爸很早就起床了，他们坐在客厅的沙发上小声讨论着女儿今后的生活。

妈妈要爸爸偷偷把她带到官邸去，妈妈说："你已经是中囚长了，这几个城市都由你说了算，你把她藏在官邸里谁也不会说什么的。"

爸爸说："不行，人心难测，万一被人出卖，我们父女都得完蛋，你想守寡吗？"

妈妈就哭了，边哭边说："她还那么小，把她一个人丢在'囚屋'里，你忍得下心吗？我怕她出意外，这比剐我的心还难受。"

爸爸说："谁叫我们生在这该死的病毒纪呢？病毒纪的人注定要从小经受孤独和苦难，要是这点苦都受不了，就不配在病毒纪生存！"

"可是，把一个刚满 10 岁的孩子孤零零地丢在'囚屋'里我真的难受得不行！"

"好了好了，光难受有什么用？你要不想难受就抓紧时间去消灭那该死的 SX。"

随即就听见妈妈止住了哭声，狠狠地说了一句："我能做到的，你等着瞧好了。"

春蓝就听见他们不再说话，接着就听见那扇玻璃内门开启的吱吱声。

等春蓝光着脚丫跑进客厅，那扇门已经向中间关得只剩一条缝，爸爸妈妈正在过渡室里往身上套防护衣。

"妈妈，别丢下我！爸爸，让我出去！"春蓝哭喊着扑向那扇透明门。

"蓝儿，冰箱里有好多好吃的呢，我们过几天就回来。"妈妈的最后一句话从即将合拢的门缝中挤了过来。

"不！妈妈，让我出去！别丢下我，别让我一个人待在家里！不让我出去我就饿死自己！"春蓝的话也从还剩一毫米的门缝中挤了过去。

春蓝的哀求显然是被妈妈听见了，只见妈妈扑向内门，把手伸向了开门的按钮，不想爸爸的手却死死拽住了她。妈妈没有挣扎，任由泪水像两股泉水似的涌出，流进了那张撇得变形的嘴巴里。

春蓝拼命哭喊，拼命拍打，直到爸爸妈妈穿好防护衣，直到过渡室的外门开启又关闭，直到过渡室变得空空荡荡。

江春蓝见她的哭闹表演不再有观众，就离开把她的小手拍得麻木的透明门，来到厨房的冰柜前。春蓝已经哭饿了，饿死自己只是威胁妈妈的话，傻子才会那么干呢。春蓝打开冰柜，看到满满一柜子熟食，不由得欣喜地叫了出来："妈妈，谢谢你，我知道这是你一夜没睡为我准备的口粮，够我吃一个月呢。"春蓝赶紧取出一段合成腊肠、两个人造鸡蛋、一盒树牛奶，就坐到透明窗边的小桌旁大口吃起来。等吃饱了，有力气了，春蓝就开始梳洗更衣，打扮自己。这些原本是外婆帮着做的事，从今天起就得自己做了。春蓝换了一条花格裙子，对着镜子用彩色皮筋扎了对羊角辫儿，再对着镜子转了几圈，就觉得自己是一个幸福的小公主了。

春蓝想起了外婆临走时留给她的话：蓝儿，你要记住，你是病毒纪的孩子，病毒纪的孩子要珍爱自己的生命，绝不向命运低头！病毒纪的孩子要学会坚强，懂得忍耐，不怕孤独，不惧苦难！病毒纪的孩子必须有挑战 SX 的勇气和信心！

春蓝还想起了妈妈昨晚说的话：蓝儿，你想到窗外那片草地上去和其他小朋友一起玩儿吗？我知道你想，那就让妈妈回到研究所去吧，我保证，我很快就会制伏 SX，你很快可以像那些小鹿一样，到"囚屋"外的原野中去自由奔跑了。

春蓝还听外公和爸爸讲过，SX 病毒是一种智慧生命，它们是为了惩罚人类才进化出来的，它们已经占领了"囚屋"外的每一寸空间，最终战胜它们或者说与它们"和解"，将是我们每一个病毒纪人的神圣使命。

太阳已经升起来了，一束水红的光线斜斜地投射进来，照在春蓝瘦弱的身子上，照得她温暖极了，舒服极了。春蓝等太阳把她照得里里外外都暖透了，才站起来，走到那台安放在客厅角落的电脑前，打开电脑浏览起网页来。从此，这台灰头土脑的电脑就成了春蓝学习的老师和生活的伴侣。要是没有高若天的出现，可能它就是春蓝 18 岁之前唯一的寄托了。

3 年后的一天，好久没照镜子的江春蓝突然被自己的身子吓了一跳。她看见镜子里的自己已经长到妈妈那么高了，身上的曲线比妈妈还要分明，眼睛也水灵起来，这顿时把她白皙的脸羞得绯红，胸脯也莫名其妙地乱跳起来。

这天以后，13岁的江春蓝不能像往常那样向电脑老师静心学习了，一种莫名的渴望常常弄得她心慌意乱，她常常有一种奔跑的冲动，一种飞翔的冲动，她觉得自己随时都可能疯跑起来，冲破那扇透明窗，冲到"囚室"外去。她不得不把过剩的精力消耗到对面那台跑步机上，消耗在强节奏的自编舞蹈上。可是春蓝发现，不管她怎么消耗，怎么释放，她身体里的精力仍然那么旺盛，仍然那么躁动，身体的曲线也越发分明。要不是中断了几十年的DD得到及时恢复，要不是在DD上认识了若天，春蓝可能真的就要疯掉了。

和高若天的相识纯属偶然。那天，江春蓝正在网上查找历代病毒给人类造成损失的统计资料，一条DD恢复的消息引起了她的注意。当她得知DD是一个异地聊天交友平台后，顿时兴奋得两眼放光，她立即申请了一个DD号，用"天涯孤女"的昵称进入系统，不想刚一进去，就有一个叫"独孤男孩"的人加她。呵呵，怎么这样巧？江春蓝同意了对方的申请。

"我们的昵称怎么都有一个'孤'字呢？"江春蓝敲击键盘，问对方，又是在问自己。

"因为成天就我一个人独自闷在'囚室'里，感到特别孤单，你不会也是这样吧？"

"呵呵，我也跟你一样，我也是一个人，我外婆外公都死好几年了。"

"我爷爷奶奶也死去好多年了，我从 8 岁起就一个人过，你外婆外公是怎么死的？"

"外公是心脏病，外婆是脑出血，都是因为抢救不及时死的。"

"我爷爷奶奶也是啊，眼看医生都到过渡室了，可等医生在里面消完毒，他们已经断气了。"

"唉，别提了，我们病毒纪人的命就是这么贱。嗨，你叫什么名字？"

"我叫高若天，爸爸希望我高若云天，自由自在。你呢，你叫什么？"

"我叫江春蓝，妈妈把我生在江南，希望我如一江春水，澄澈清亮。—— 日出江花红胜火，春来江水绿如蓝。"

"你几岁了？"

"我 14 岁，你呢？"

"我 17 岁了。你住在哪里？"

"听爸爸说，我们住在一个大湖北边的一条小河旁，名叫 C

市，属于湖滨大囚。你住哪里，离我远吗？"

"我住在大海边，属于海滨大囚。我也不知道离你有多远，总之在一个大陆上，不然我们无法一起聊天。"

"若天，我好孤单哦，你愿意成为我的好朋友吗？如果愿意，我们就可以天天在一起聊天玩儿了。"

"春蓝，我也好孤单，就让我们做一辈子的好朋友吧。我发誓，我会天天在电脑前等着你的，除非我死了。"

"若天，你一定长得像我爸爸那样帅吧，我好想看看你哟！"

"可是，这该死的 DD 没有视频。春蓝，你一定像我妈妈年轻时那样漂亮吧？不知什么时候我们才能见上一面？"

"若天你说，我们在这世上真的有见面的希望吗？有吗？"

"春蓝，我们有见面的那一天，我们一定有见面的那一天。到那时，我一定狠狠地把你一气看个够！"

"不，我们没有那一天！我们之间的银河太宽太宽，没有人愿意为我们架设鹊桥，我们的命运注定连牛郎织女都不如呢。"

"唉！我们为什么要在一个错误的时间来到这个错误的世界，我们为什么不出生在 100 年以前？"

第 4 章　第一课

消——毒——完——毕——，欢——迎——回——家——

电脑提示音打断了江春蓝的回忆，她卸掉那身囚禁了她大半天的防护衣，打开透明门，一脸凄然地走进客厅。

江影竹已经把江春蓝喜欢吃的饭菜摆在小方桌上，看到泪痕犹存的女儿进来，就迎上前把她拉到透明窗前坐下，江渺和江浩也跑过来，拥在妈妈左右。

江影竹眼见母子 3 人又要抱头哭泣，急忙把两个外孙拉开，像什么都不曾发生过似的说："好了好了，你们不是早就饿了吗？快吃饭，让你们的妈妈清静一会儿。"

就这样，大人小孩都强忍着眼泪，吃完了林间出事后的第一顿晚饭。

等江影竹把碗筷收拾停当，江春蓝就对江渺说："渺渺，今天是你 6 岁生日，你应该知道一些事情了，你外婆给你上课了吗？"

"还没有呢，妈妈，外婆刚准备给我上课，爸爸就……"说到这里，江渺哽住了，一双大眼睛望着妈妈眨巴了几下，眼泪从她的小脸上滚落下来。她这时才明白过来，疼爱她的爸爸再也回不来了，她和哥哥就要成为没有爸爸的孩子了。谁能救救爸爸，让他能从"疗养院"中回来啊？

"好了，外婆这就给你上课，你可要好好记住啊。"江影竹赶忙把江渺从她妈妈身边拉过来说，"渺渺，坐到那张课桌后面去。下面正式开讲，我们人类怎么就被关进'囚屋'里了呢？这都是那个代号叫 SX 的噬血病毒惹的祸……"

外婆用略显沧桑的语调，把江渺带进了那个 SX 病毒刚刚来临的时代，那个属于江渺外婆的外婆的时代。

84 年前，23 岁的江帆（江渺外婆的外婆）在完成博士学业前夕，她的一篇关于病毒进化的论文就引起了病毒学界的广泛关注。在论文发表的当晚，便有一个叫高风的病毒专家拨通了她的电话，问她愿不愿意毕业后到 C 市病毒研究所去做他的助手。高风当时已是国际知名的青年病毒学家，江帆又怎么会不愿意呢？

3个月后，江帆走进了高风的研究室。该研究室隶属于C市病毒研究所，地处C市北郊的嫣然山下。当时的C市病毒研究所已是一家国际顶级病毒研究机构，曾因攻克禽流感、非典、埃博拉、基孔肯尼亚等凶险病毒而让各国同行难以望其项背。因此，能到该所工作是各国病毒研究者的莫大荣耀。江帆的幸运好像还不止于此，在她进入研究所的第二天，高风便向她示好，江帆很快堕入情网。

在接下来的一年里，他们珠联璧合，接二连三地攻克了许多病毒学界的难题，并因此同时获得了当年的诺贝尔生理学或医学奖。江帆还清楚地记得当时评选委员会给他们撰写的颁奖辞：

> 他们是和地球上最小生物打交道的人，他们是病毒的克星。他们成功提高了人类与病毒赛跑的速度，让人类在与病毒的马拉松之战中暂时领先。感谢他们对人类的安全繁衍做出的卓越贡献，祝愿他们继续在病毒研究领域领跑世界，让人类远离病毒侵扰！

这段评价甚高的褒奖之辞，伴随他们在欧洲度过了一段幸福时光。卢浮宫的世界名画、罗马的古典建筑、瑞士的湖光山色都给他们留下了难忘印象，特别是在参观第一次世界大战纪念馆时，更是给两人带来巨大震撼……两人都是病毒学家，所以对"一战"后期爆发的西班牙大流感非常关注。参观期间，江帆曾若有所悟地问："站在病毒学的角度看，我们可不可以将西班牙大流感看成是病毒对人类互相残杀的一次警告呢？"

"可以这么看。"高风很肯定地说，"不光是那一次，还有中世纪的黑死病，近代出现的艾滋病、禽流感、埃博拉等，都可能是大自然在对偏离航向的人类发出的一种特别的警告。"

"是啊，近代以来，人类对自然的索取和破坏已经到了触目惊心的地步，特别是在应对气候变化、控制碳排放方面，各国明面上信誓旦旦遵守协定，暗地里却我行我素，排放有增无减，把个好端端的地球搞得乌烟瘴气！尽管近代有不少智者不断发出警告，但为所欲为的人类已经被一些表面的成就冲昏了头脑，靠人类自身的力量已经无法控制人类无限膨胀的欲望了。"

"是的，人类已经把自己送上了一辆没有制动装置的死亡列车，想停下来都不行了。人口猛涨，环境恶化，资源即将耗尽，地球已经不堪重负，像这个地区这样保持完好生态的地区已经在地球上找不到几块了。"

"你说我们人类是不是早已误入歧途，积重难返了？"江帆突然感到很压抑，快步走出纪念馆的大门。

高风也几步跟上来说："还用说吗？你只消看看人们一味地对'高'的追求就知道了，高级、高档、高速度、高科技……只知道一个劲儿地往前冲，谁也不愿意停下来检查一下'车况'如何，有没有翻车的危险。这样下去，不翻车才怪！"

"那你说我们该咋办？人类还有救吗？"

"难说。人类可能只有两条路可走了：第一条，在接近资源枯竭的临界点时来一场世界大战；第二条，尽快出现一种比1918年病毒更厉害的病毒，迅速淘汰掉90%以上的人类。这样，人类或许有救。"

"谁愿成为那90%啊？你愿意吗？"江帆看看一脸严峻的高风，再看看四周如此美妙的湖光山色，内心充满了一种对未来的莫名恐惧。

第 5 章　新病毒

从欧洲回来后，江帆和高风开始考虑结婚的事。之后把婚期定在了元旦。

哪知元旦这天，迎亲的花车却没有来，直到傍晚时分，高风才从研究所打来一个电话，让江帆赶紧赶回研究所。江帆了解高风的个性，知道肯定是出事了，才让高风连结婚这天都要到研究所上班。

江帆开着紫色电动小跑车一路疾驰，10 分钟后，开进了 C 市病毒研究所。

病毒研究所坐落在一个山洼中，东北西三面环山，南面穿过一片原野再穿过一片树林隔河与市区遥遥相望。

整个研究所占地不过 200 亩，远远望去，除了那堵褚色的围墙和围墙内蓊郁的树荫外，几乎看不见任何建筑。正对大门是一道由密密麻麻的珊瑚树自然交织而成的天然屏风，绕过这道翠色欲滴的屏风，穿过一条蜿蜒幽深的林荫公路，就会看到一些方形和半球形建筑散落在山脚的树荫之中。这些建筑外表朴素，毫不起眼，看上去像一些原始部落的民居，但内部却布置精巧、价值连城，装备的都是当时世界上最先进的研究设备。每座建筑都是一个具有特别功能的研究室，每个研究室都有绝对保险的封闭隔离系统，所有隔离系统都具有杀灭病毒和调节空气的双重功能，既可堵住外界病毒的入侵，又可防止室内病毒向外逃逸。

江帆把车开到一个半球形建筑物前，下了车，走向一个椭圆形的门，把食指伸向了那个暗红色的指纹门锁。

"嘶——"，在椭圆门缓缓侧移的过程中，江帆却莫名其妙地紧张起来：到底出了什么事，不会出现了什么意外情况吧？江帆忐忑不安地走进过渡室，穿上灰色防护衣，在经过规范的消毒程序处理后，就打开了过渡室的内门。

高风坐在那台由无数玻璃器皿和导管连成的病毒分析仪后面，一脸严峻，看不出半点准新郎官的兴奋和喜悦。他看见本该身着白色婚纱的江帆裹着一身灰色无纺布进来，不禁哑然苦笑。

"发生意外了吗？"江帆不安地问，她已经从高风的脸上感觉到了不妙。

高风注视着江帆，直到她走近，才说："北部邻国 W 国出现了神秘死亡事件，初步判定是一种新型病毒感染。该国怀疑是 M 国发动的病毒战，他们已经向安理会提交了控告书，并向 M 国提出强烈抗议……"

江帆没好气地说："他们怎么总是狗咬狗啊？咬就咬，迟两天不行吗，今天可是我们结婚的吉日呀！"

高风一笑："要不你通知他们一下，下次碰上这种事儿先知会你一声。"

江帆被逗乐了，笑过之后问："我们算第三方是吧？"

"对，他们已于今天凌晨把病毒标本送了过来，要我们查清病毒的身份和来源。"

"查清楚了吗？"

"我已经干了 5 个小时了，怕吵醒你，所以现在才叫你过来。我把这个新型病毒同所有现有病毒进行了比对，发现它应该属于那种横空出世型的，完全没有家族来历和身份标记，在 M 国的病毒武器库中也不可能有这样的病毒存在。我想……这远不是病毒战那么简单！"

"它的致病机理找到了吗？"

"还没完全弄清楚，只知道感染者都是窒息而死，发病到死亡的时间很短，一般不超 5 五分钟，死亡率为 100%。死亡的过程极其痛苦，病人开始发病时突然全身战栗不止，接着剧烈喘息、头痛欲裂，最后口鼻流血，双眼暴突而亡。"

"它的传播途径呢？"江帆惊得睁大了眼睛。

"还不太清楚，初步判定是人与人之间的接触传染。但可怕的是，它的传播速度超乎想象，从发现第一个病例到现在也不过 15 个小时，可它的传播范围已经达到 80 万平方千米，已经有 30 多万人不治身亡。"

"啊？你说什么？"江帆彻底愣住了。作为病毒学家，她深知病毒的可怕之处在于代际传播，也就是一传十、十传百、百传千、千传万的模式——在这种模式下，病毒在初期传播阶段，在前几代传播过程中，其危害程度通常微乎其微，不易被人察觉，只有代际达到一定数值，才会产生恐怖至极的威力！而这次却不同，仅仅 15 个小时，传播范围便已达到 80 万平方千米，且有 30 多万人死亡，这种病毒江帆闻所未闻！"这太可怕了，你确定这是在短短 15 个小时之内发生的吗？"江帆问。

"目前掌握的情况是这样。在第一例死亡之前究竟已经传播了多久，还不得而知。"高风回答。

"太快了，以这样的传播速度，相当于 15 个小时内已经传播了若干代，若照此发展下去，不出十天半月，人类便应该离灭绝不远了……"江帆惊骇不已。

"正因为如此，W 国才会怀疑是 M 国发动的病毒战。"

"那你认为病毒战的可能性大吗？"

"可能性不大。"高风摇了摇头，继续说道，"就像你刚才所说的一样，若这是病毒战，那十天半月全人类便灭亡了，M 国图什么呢？除非他们自己提前拥有了疫苗，但在那种情况下，M 国的这种'蓄意攻击'行为势必引发 W 国乃至全世界鱼死网破式的疯狂报复，结果必然是核灾难，全人类同样没有好下场……"

江帆意识到了事态的严重性，沉思良久才说道："这么说来，几乎可以断定这不是病毒战，而是一种史无前例的超级病毒。"

"是，这病毒来得太突然了，甚至比公元前 430 年出现在雅典的那场大瘟疫来得更加神秘可怕！"高风说着，从电脑中调出当年发生在雅典的那场大瘟疫的资料：

身强体健的人们突然被剧烈的高烧所袭击，眼睛发红仿佛喷射出火焰，喉咙或舌头开始充血并散发出不自然的恶臭，伴随呕吐和腹泻而来的是可怕的干渴，这时患病者的身体疼痛发炎并转成溃疡，因忍受不了床榻的触碰无法入睡……人们像羊群一样一群群地死亡。病人裸着身体在街上游荡，寻找水喝直到倒地而死。由于吃了满地都是的人尸，狗、乌鸦和大雕也死于此病。存活下来的人不是没了指头、脚趾、眼睛，就是丧失了记忆。

公元前430年，希腊史学家修昔底德如此记录这场席卷整个雅典的大瘟疫。

这场瘟疫是人类历史上记载较详尽的最早的一次重大疾病，直接导致了近二分之一的欧洲人死亡，整个雅典几乎被摧毁。造成雅典瘟疫的元凶到底是什么？人们根据修昔底德的记载一直在进行各种推测，有说是斑疹伤寒、麻疹、天花的，有说是猩红热甚至是埃博拉病毒的，还有说鼠疫的。但至今没有确切的答案。或许就像美国芝加哥大学的一位历史学教授所说的："雅典瘟疫这种病没法在现代医学中被确认，假使修昔底德的话可信，那是一种新疾病，而且它的消失也和它的出现一样神秘。"

"公元前430年雅典瘟疫我知道，应该是当时的人类对病毒还一无所知，不知如何预防，结果导致了大范围爆发，至于瘟疫突然消失，应该是因为活下来的人都产生了抗体吧？"江帆问。

高风没有回答，而是调出了另一段资料：

> 车上堆满尸体，木板上摆满死去的家人，贵族和农民齐声哀号，希望尽快进入天堂得到解脱……"这就是黑死病，人类历史上最可怕的传染病。黑死病被认为是第一个真正意义上的大规模流行性传染病。1347 年在西西里群岛爆发后，在三年内横扫欧洲，并在 20 年间导致 2 500 万即相当于一半欧洲人的死亡。1347 年至 1351 年，在短短的四五年间，全球就有 7 000 万人死于此病。

> 黑死病沿着战争和贸易的路线不断传播，沿途的城市和乡村完全毁灭，全球的政治、经济受到致命性打击。此病在随后 300 年间多次在欧洲卷土重来，据后世学者估计，共有多达 2 亿人死于这场瘟疫。

> 黑死病患者没有任何治愈的可能，起病急骤，有寒战、高热及全身毒血症症状，继而出现心衰、休克，皮肤广泛出血而出现许多黑斑，死亡过程极其痛苦，故被称为"黑死病"。

江帆看完最后一段，惊骇地望着高风："你的意思是，这又是一场黑死病？"

"不，我是想追踪病毒的发展史。"高风说着又调出了一份资料：

1917 年 7 月，美国宣布加入由英、法等国组成的协约国行列，向以德国、奥匈帝国为首的同盟国宣战。当美国军队在国内集结时，来自四面八方的士兵使流感病毒在军营中蔓延。当百万美国大军奔赴欧洲战场时，又把病毒带到了欧洲大陆。接着，流感又通过 3 个相距遥远的海军港口——非洲塞拉利昂的弗里敦、法国的布列斯特和美国的波士顿，迅速向四面八方扩散，六大洲无一幸免。

1918 年，当第一次世界大战中残酷的堑壕战进入最后一年，流感开始夺走士兵的生命。在费城，无人认领的尸体横陈数日，直到马车穿过街道，呼唤活着的人带走他们死去的亲人。波士顿的人们倒空棺材，把裹着毯子的尸体直接倒进大型坟墓。成千上万的美国士兵死在被称为"死亡之船"的运兵船上，没有任何方法能阻止这幽灵般的"杀手"。

"如果这场传染病继续以成倍数增长，文明在数星期之内就会轻易瓦解。"美国公共卫生官员维克托·沃恩写道。这就是 1918 年"西班牙流感"的恐怖威力。它可能感染了全世界 30% 的人口，夺走将近 5 000 万人的生命。在病毒流行的 24 个星期里，死去的人数甚至超过了所有死于艾滋病的人数。

看完这 3 段资料，江帆沉默了片刻才说："与拥有几十亿年历史的病毒相比，我们人类还是太年轻了……好在人类是顽强的，一次次死里逃生，经受住了病毒的一次次淘洗。但这一次看来更危险，希望我们能扛得住。"

高风点头："这次出现的病毒确实可怕，它的威力甚至可以与核武器相提并论，以上资料中导致那 3 场大瘟疫的病毒跟这次出现的病毒比起来，还真是小巫见大巫。说实话，我有一种不祥的预感，在这个横空出世、威力无比的病毒面前，人类将不堪一击。"

"这才刚开始，你便没有信心了？"江帆诧异，"你从来不是这样的人啊！"

"这个病毒非常狡猾，我试过了，很难对付，无从下手。"

"你已经分析过它的结构模型了？"

"我已经反复分析了它的结构。整个病毒体是一种絮状结构，像一颗蒲公英的种子，你明白这意味着什么吗？这意味着，意味着它可以在空气中长时间自由飘浮，并顺着气流和风向飞速传播。"

"你的意思是，它可以不借助任何生物载体，便可以飘到地球上的每一个角落，整个大气层都会成为它肆虐的场所？"

"是的，这也就是它能在 15 个小时内传播 80 万平方千米并导致 30 万人死亡的原因。这是它那独特的外在结构决定的，以目前全球所有病毒学家所掌握的病毒预防以及病毒阻断手段来说，我们尚没一种办法能够阻止它……"

"如果真是那样 ——"江帆的脸顿时失去了血色。

高凤赶忙安慰她："别怕，怕也没用。还是想办法吧，尽人事，听天命。"

"好吧，本来我们今晚还要举行婚礼呢，我可不想死。"

第 6 章　多米诺

C 市。傍晚。高风和江帆正坐在气氛严肃的疫情分析大厅里。

疫情分析大厅坐落在一个常年飘散着樟脑味的香樟林里，是 C 市病毒研究所里最大的一座长方形建筑，平时很少启用，只有遇到重大疫情时才会派上用场。

今天的疫情分析会非同寻常。一是世卫总干事罗杰斯和政府首脑全部出席；二是与会人数创了历史纪录，以至于这个能容纳 500 人的大厅座无虚席；三是看不见记者们的长枪短炮，所有记者都被不容分说地拒之门外。

会议是在半小时前开始的。在接到病毒研究所所长颜申的开会通知之前，高风和江帆还在他们的研究室里对 SX 病毒进行最后的定性分析。等他们走进 300 米外的疫情大厅时，颜申所长正向与会专家做疫情传播情况报告。颜申是病毒传播学方面的专家，早在 12 年前就建立了著名的"颜申模型"，在病毒传播与控制领域领跑世界。颜申具有硬朗的外表和乐观的性格，平日里总是一副似笑非笑的样子。

但今天的颜申却像换了个人似的，面无表情地站在大厅前面的大视屏下，指着视屏上由世界地图、黑色色块和红色箭头组成的图案，不苟言笑地讲解着。他说："这种新病毒，我们已经把它命名为 SX 病毒。对这个 SX 病毒来说，完全可以用可怕和诡异来概括，它来势太凶太猛，到目前为止，发现它也不过二十五六个小时，但已经有十几个国家上百万平方千米的土地遭到感染，近 2 000 万人不治而亡。令人费解的是，SX 病毒好像对地球表面大气流动了如指掌，它总是在季风之类的上风口出现，然后顺着风向借助风力迅速向下风口传播，因此，在 SX 病毒所经过的区域，像有一只无形的手把一个个活生生的人摆成了多米诺骨牌，然后轻轻一推 —— 人类就纷纷倒下了……"

颜申的讲解引来一阵骚乱，整个大厅像马蜂窝被捅翻似的嗡嗡乱叫起来。罗杰斯赶忙跑到台上对着话筒大声喊道："不要慌乱！不要慌乱！我们人类还没到完蛋的时候！安静，下面请高风先生对 SX 做病原机理分析。"

高风等众人安静下来，开始对 SX 病毒进行剖析。他站在大视屏下，一边借助视频图表，一边尽量平静地说："SX 是目前为止人类在微观世界遭遇的最强对手，我们已经对它的繁殖特性、结构模式以及传播方式等进行了初步研究。SX 在繁殖特性上具有明显的'嗜血性'，它对我们人类的红血球情有独钟，把红血球作为宿主细胞在里面呈指数级分裂繁殖，只需几分钟就可以把人体红血球消耗殆尽，让人窒息而死。奇怪的是，它对其他动物，包括与人类亲缘关系最近的灵长类动物的红血球却毫无兴趣，因此除人以外的动物都安然无恙。SX 在结构上与以往已知病毒最大的区别在于，它具有多个病毒首尾相连形成絮状结构的特性，这种结构极像蒲公英的种子，能够在空气中长时间自由飘浮，这就是它为什么具有顺风传播特性的原因，这也是它最恐怖的地方。根据计算机模拟分析，SX 可能有 5 天左右的潜伏期，这也是个令人头疼的问题，一个感染 SX 的健康人在几天内完全不会出现任何症状，甚至验血也查不到 SX 的存在，因此，感染者可以像健康人那样去坐飞机、坐高铁，把病毒不知不觉地带到世界的每一个角落。目前，我们还没有找到能够迅速杀灭感染者体内 SX 病毒的药物，只有大剂量的 X 射线对 SX 有杀灭作用，而这种大剂量射线又是我们人体所不能承受的。其次是紫光和高锰酸钾喷剂的混合体对它有杀灭作用，但它只能杀灭飘浮在空气中的 SX，杀灭速度很慢，大约需要一小时。还有就是高温，在 120 摄氏度以上病毒才能被彻底杀灭。因此，我建议，我们必须立即控制人员流动，马上着手修建隔离房，赶造小型 X 射线发生器和紫光灯，还有高锰酸钾喷雾剂⋯⋯"

SX 的传播速度远超任何病毒，甚至不会给人类片刻喘息的时间。所以会议进行的同时，与会相关领导便将一道道指令发了出去。等会议结束时，一场与 SX 争分夺秒的战斗已在悄无声息间拉开序幕。

会后，高风和江帆刚回到家，还没来得及喘口气，沙发对面的视屏电话就叫了起来，高风母亲和一大帮亲友的影像就出现在墙上。高风接通了视频，极力显出平静的样子说道："妈妈，我上午不是给你们打过电话了吗，婚礼先不办了，研究所有重要任务，我和江帆都脱不开身。"

"你想不办就不办了？为了你们的婚事，亲戚朋友都忙活好多天了。看到我身后的这帮人了吗？特别是你的几个表兄弟，他们早就急不可待了，都想着今晚去你那儿热闹热闹⋯⋯"

"妈妈，真不行。现在你们所有人都不能动，最好都待在家里，哪里也不能去 —— 有疫情，这也是今天我和江帆临时取消婚礼的原因，疫情传播速度非常快，后果很严重……"

高风好不容易才说服了母亲和几个表兄弟，刚放下电话，他岳父 —— 江帆的爸爸江南又打来电话，说他马上要去参加一个紧急会议，研究启动公共卫生紧急预案的事。江帆的父亲是 C 市分管卫生的副市长，他去参会就意味着 C 市的公共卫生应急系统已经启动了。

刚挂断岳父的电话，手机又响了。视屏上出现颜申的头像，他充满歉意地对高风说："对不起，今天是你和江帆的新婚之夜，但我不得不向你转达上级指示。你必须立即走出家门，登上马上来接你的直升机。这是首长指示，明白我的意思吗？"

"不……哦，明白！"

"明白就好，执行吧。"

高风放下电话，立即换上研究所的工作服，对江帆说："刚接到电话，要飞首都，飞机马上到。"

"现在？"

"对，你听 ——"

这时，直升机的哒哒声正在由远而近地传过来。

第 7 章　挑战书

　　江帆躺在她的新床上，几乎一夜没睡，SX 的螺旋结构和高风的面容一直在她的脑海中交替叠现，以至于到了天亮，她满脑子都是那个该死病毒的螺旋结构，连高风的容貌都有些模糊了。

　　高风的电话从他离开后就一直处于关机状态，也不知他究竟怎么样了？那里是不是已经被 SX 占领？

　　可落地窗外的太阳却不管这些，它照样一如往昔地从东边的山坳中升起来，好像什么都不曾发生。

　　江帆觉得昨夜的情景就像一场梦，太阳出来了，梦境也如草尖上的露珠似的消散了。可是，高风在他们的新婚之夜不在身边却是事实啊，已经十多个小时了，到现在连电话也不来一个，他到底去执行什么任务啊？至于如此神秘吗？难道是首都已经被病毒占领？如果真是那样，那可麻烦大了。因为首都是国家的心脏，所有的首脑机关和重要部门都集中在那里！在这种情况下，召高风去又有什么用呢？他凭一己之力能阻止病毒的入侵吗？就算他有千百种对付病毒的办法，但 SX 病毒可以在空气中自由传播啊！加之最近正是冷空气经常南下的季节，西伯利亚已经是疫区，被那里吹来的冷空气侵袭的首当其冲是我国的北方，病毒传播到我国也就是三两天的事情。不过，据天气预报，最近我国北方大部被高压气旋占领，冷空气一时半会儿还压不过来，也就是说，首都应该暂时是安全的，高风也暂时不会有危险。再说，他是地球上最懂得该怎么与病毒打交道的人，他懂得如何保护自己，他不会有事的。想到这里，江帆的心稍稍宽慰了一些，随即翻身起床，打算早点到研究所去等候消息。咦，不对劲儿，怎么会头重脚轻轻飘飘的？呵呵，真是傻得可爱，一夜没睡，不飘才怪。没事儿，先去梳洗梳洗吧，然后再略施粉黛，就什么也看不出来了。

江帆洗了把脸，还没来得及往脸上抹粉，父亲江南的视频电话就打过来了："小帆，还没起床吧？"

"起来了，正打算去研究所呢。"江帆边说边打着呵欠。

"你好像睡得不怎么好啊！听说高风昨夜就被接走了？"

"是的，爸爸，从研究所回到家就被接走了。"江帆又打了个呵欠。

"唉！"江南叹息一声。

"爸爸，你打电话来还有其他事吗？"

"好吧，说正事。C市政府昨晚召集有关部门开了大半宿会，根据会议精神，我们已经按最高级别启动了公共卫生应急预案，还把C市的武装警察和驻军都拉出去了，封锁了进入C市的所有交通要道，从今天起，只准出不许进，确有特别原因需要进入的，必须在北山监狱的隔离房中隔离30天后才能进入市内。你看，老爸这样的部署还算专业吧？"

"爸爸，仅仅做到这一点是远远不够的，你必须督促政府赶紧大量抢建隔离房，就像我们研究所的那种，你必须想法把C市几百万人都尽快弄到里面去。不然……"

"不然什么？有那么严重吗？"江南看着女儿。

"比你想象的严重千倍，你按我说的去做吧，越早着手越好。好了，我要赶到所里去。"她向爸爸做了个飞吻，就匆匆开上小跑车向研究所奔去。

一路上甚至连个行人都没有，看来真像父亲所说，已经启动了最高级别公共卫生应急预案。

江帆的车子一连经过几处盘查路口都没停，甚至连减速都不需要。因为作为病毒研究人员，她的手机已被当地公共卫生部门开通了无障碍通行功能，车子每到一个盘查路口，手机上的无障碍通行功能便会让盘查人员的电信设备感知到。江帆一路畅通无阻走进她的研究室，发现有人已经坐在高风的研究台后，埋头摆弄着那些复杂的仪器，她不禁惊喜地一声小叫："高风！"

"哈哈！把我当你的新郎官了。"

江帆吓了一跳，这才认出是颜申："颜所长，怎么是您，您也亲自披挂上阵了啊？"

"呵呵，昨晚没睡好吧？"

江帆打了个呵欠："确实没睡好，让您见笑了。"

"我可没有取笑你的意思，只是关心而已。好了，你坐到高风的位置上，我给你当助手。"颜申说着站起来，坐到旁边的位置上。

"颜所长您真会开玩笑，还是我给您当助手吧。"颜申的谦逊让江帆有些汗颜，颜申在病毒研究上的造诣颇深，在整个病毒学界也是很有名望的。

"快坐下！"颜申突然收起他的招牌笑容，不容置疑地说："时间紧迫，我想我们得从破坏 SX 的复制环节着手，从它的复制环节上找到突破口。"

"好吧，我听您的，您来多久了？"江帆已经坐到高风的位置上，熟练地开启了病毒核酸分析系统。

"把昨晚的事故处理完后就一直坐在这里，惨啊，据不完全统计，到目前为止，世界各地的病毒学研究人员，已经有 36 人殉职，其中大部分是学界权威 —— 我们研究院系统也有 5 人殉职了，剩下的都坚守在各自的岗位上。"

"这才多久，我们研究院就……"江帆震惊。

"是我们系统内赴疫区调查的人员，人未在 C 市。这病毒的传播速度太快了，我们必须抓紧。"

"是。如果不能在短时间内制伏它，恐怕我们就没有未来了。"江帆边说边滑动鼠标，浏览着刚才颜申打开的页面："你在分析 SX 的螺旋结构啊，有什么新进展吗？"

"还没有。我只是发现 SX 的 DNA 排列非常怪，就像一段用字母拼写的文字，要是能读懂它就好了。"

"高风也说过类似的话，颜所长，我感觉这个来历不明的

SX 的目的性非常强，它只针对人类，对其他动物却毫无损害，就像一把特意为人类打造的奥卡姆剃刀。"

"目前看是这样。它就像是为终结人类而来的。"

"但它为什么要那么干？为什么只针对人类？"江帆问。

颜申正要回答，高风的电话打了过来。

一串蜂鸣声之后，高风的头像出现在研究室的视屏墙上。从他身后的背景看，应该是身处某个地下空间中，房间不大，灯光有些昏暗，除了一些杂乱的仪器设备外，看不见其他人。高风看上去脸色苍白，眼圈黑黑的，一副疲惫不堪的样子。他一眼看到工作台前的江帆和颜申，双目一亮，随即下意识地转头看了看身后那扇关着的门，确信没什么问题了，才转头用急促的语气说："颜所长，江帆，我现在在首都西郊某研究所的地下室里，我刚刚获准休息 10 分钟，给你们通话都是冒着风险的。这边的情况很不妙，我国北部边境已经开始爆发疫情，如果碰上冷空气南下，我不说你们也知道是什么后果。这里正在发生大规模骚乱，今天早晨已经有数十万人向南面的封锁线涌去，后面还有黑压压的人群源源不断地往南逃离，军队已经下达了严防死守的命令。政府一边指挥隔离房的抢建，一边部署另一项秘密行动，我可能也会参与其中 ——"

江帆忍不住打断高风："什么行动，会不会有危险？"

高风趁机喘了口气："小帆，你不要担心，我会保护好自己的。那个行动我也是才接到通知，是绝密级别的，不许告诉任何人。"

"连我也不能说吗？你会不会跟我断绝联系，到时候我到哪里去找你啊？"江帆说着眼圈一红。

高风赶紧安慰她："别难过，到了新地方，我会主动联系你的，放心。对了，差点把正事忘了，我打电话是有一个重要的发现要告诉你们：SX 的 DNA 排列像一段文字，它好像是要告诉我们人类什么特别重要的事情。这是我和全国的几个顶级专家一起，不吃不喝干了十几个小时才得出的结论。但我们暂时还找不到破译它的办法，你们可以顺着这条思路去做，或许能有意外收获。"

"像一段文字？我刚才还和江帆说起我的感觉呢，不过我那是凭直觉得出的看法。"

"是啊，高风，颜所长真的是这样说的。难道 SX 真的是一段文字的代码排列成的？"

高风肯定地点点头说："我们都朝着这个方向努力吧。不过，以我的经验判断，要想攻克它可不是一时半会儿的工夫能办到的。所以颜所长，你们必须尽快完善所里的隔离系统，同时转告 C 市政府，必须立即着手抢建隔离房，不然就来不及了。江帆，你等会儿就把我说的情况告诉你父亲江市长，当然上级的指令应该也传达到 C 市了，但我仍想让你对你父亲特意强调一下，十万火急，一定抓紧，你听明白我的意思了吗？"

"听明白了，我马上转告爸爸，让他牵头去做。"

"好，不多说了，你们保重。"高风的面孔在视屏上消失。

"高风，你快点回来，我不能没有你，我——"望着高风消失的面孔，江帆潸然泪下，整个人瘫软在坐椅上。昨日一天的劳心费神，加上婚礼中断，高风夜里远离，江帆又一夜辗转无眠、粒米未进，再加上 SX 所带来的巨大威压，江帆撑不住了，眼前一阵发黑。

"江帆！江帆！"颜申慌了，赶忙抱住差点倒地的江帆使劲摇晃起来。

"别晃，我头晕。"江帆睁眼，"我低血糖，从昨天到现在，各种乱，忘了吃东西，我可能是饿晕了。"

"早说啊，刚才可把我吓一跳。"颜申说着给后勤打了个送餐电话。

几分钟后，两碗热气腾腾的鸡蛋面条送了进来。

"吃吧，我们边吃边干。"颜申把一碗面条递给江帆，自己也端着面条呼呼地吃起来。

江帆一边吃着面条，一边琢磨着高风刚才对他们说的每一句话。突然，她停下了，咚的一声丢下碗筷，噼里啪啦地在键盘上敲击起来。

"你，你想到什么了？"颜申问。

"我……"江帆有些激动地说："我把字母输进去了，英文字母。"

"什么？"颜申不明所以。

"我把英文字母输进 SX 的 DNA 中去了。"江帆越说越兴奋，兴奋得两眼放光，是那种只有在精神病医院里才能见到的眼神。

"姑娘，英文字母跟 SX 的 DNA 有什么关系，你 ——"颜申一副痛苦的表情，后面的话没说出口，但江帆还是明白了他要说什么。

"你以为我疯了是吗？"江帆奇怪地看着颜申那副痛苦的表情。

"这可不是我说的啊。疯了的人都说自己没有疯，就像喝醉酒的人都说自己没醉一样。"

"哈哈哈哈……"江帆一阵开心大笑，笑够了才说："我想我已经找到破译 SX 密码的方法了，你还记得我们讨论过它像一段文字的吧，高风他们也有同样的看法。SX 病毒既然不同寻常，我们自然也可以用非常手段对付它 —— 我们可以假定这个病毒是有智商、可以与人类交流的，因为从 SX 现在的表现看，它原本也是有智商的。比如它非同寻常的传播方式，比如它只拣选人类做攻击目标，比如它的 DNA 序列酷似某种语言的排列，比如它对人类百分百的灭杀目的性太强，比如也许三五天内，全人类便要惨遭灭顶之灾 —— 事实上我们已经没有时间了，若用正常手段破译这个病毒根本来不及……"

江帆虽然说得有些语无伦次，但颜申还是听明白了，于是说道："不妨试试吧，但 SX 若真有智商，可以与人类进行交流，那整个地球史、生物史，甚至宇宙史，可能都要重写了。"

江帆笑笑："死马当活马医吧，反正我们也没多少时间了。"说着，眼睛转向屏幕。恰好也就是这时，电脑视屏上竟然鬼使神差般出现一段文字，江帆的心顿时提了起来，眼神发直，惊叫："快看，这是什么？"

一瞬间，颜申也愣住了。

等那段文字定格下来，跳入眼帘的却是这样一段文字：

抱歉，穷尽所有排列组合，文字排列无意义！

"天！怎么会这样？"江帆一脸尴尬地愣了几秒钟，又开始狂敲键盘，边敲边自言自语："既然英语不行，我就输入汉语。"

"你还是算了吧，汉语怎么输啊，难道去输汉语拼音，那不又回到英文上去了。"颜申泼冷水。

"谁说输汉语拼音了，我输的是汉字笔画。"江帆一阵噼里啪啦，很快把汉语的几十个笔画输进分析仪里。

接下来又是漫长的等待。颜申不再说话，也懒得去管她，他想江帆这个样子也好，总比疯了强。

大约又过了 30 分钟，电脑视屏又现出一段文字，不过这段文字要比刚才那段长，江帆的心再次提了起来。没等文字完全定格，她已经看清了那是一段令人心跳加速的文字：

人性崩坏……穷奢极欲……涂炭生灵……肆意篡改……偏离……方向……删除……启动终极程序

"我的天，你看这是什么！"

第 8 章　隔离房

　　视屏上的文字像万里晴空中的一道霹雳，把颜申和江帆都一下子击蒙了。他们怎么也想象不到，费尽千辛万苦译出的竟会是这样一段离奇的文字。这也太离谱了，用汉语笔画去替换 SX 基因中的蛋白质单元居然真能译出有意义的文字来，这可能吗？会不会是分析仪出了故障，或者是操作程序有问题？

　　尽管高风说的那句"SX 的基因排列像一段文字"的话还在江帆耳边回荡，但她还是不敢相信刚刚出现的这个结果。

　　"不行，我得重新操作一遍！"江帆一边自言自语，一边再次把几十个汉语笔画输进分析仪里。

　　很快，视屏上再次出现了刚才那排文字，文字的字数和排列顺序都毫无变化。

病毒本是最低级的生物，但从这段文字看，SX 病毒应该具有很高的智慧。这几乎是可以肯定的，这段文字绝非碰巧弄出来的文字游戏，它表达了很强的目的性，那就是对人类目前的存在状况表达了强烈的不满，其最终目的很可能就是对人类实施"终极惩罚"，让人类从地球食物链顶端的位置上彻底消失！从疫情爆发以来的情势看，SX 发出的挑战绝非危言耸听，它完全有能力在短时间内把人类从地球上彻底删除。

颜申和江帆呆坐了好久，才想起应该把这个消息告知有关方面。他们本想直接报告国家科学院，但想到这段文字实在太离谱，可能会遭人怀疑，搞不好还会招来一顶伪科学的帽子。

江帆说："还是先告诉高风吧，看他怎么说。"说罢拨打高风的电话，但电话仍然关机。

没办法，他们只好硬着头皮报告给科学院。没想到，科学院的那帮老家伙却对此深信不疑，他们说早就知道人类会有这么一天，这是他们预料中的事情。因为他们中有个叫莫宁的科学家正在对一个神秘"惩戒系统"进行研究，并且已经取得了进展。他得出的结论是，人类发展进程一直处于一个神秘系统的监控之中，这个系统从人类诞生以来就一直对人类的行为进行"调教"和"惩诫"，它通常采用的方式就是根据需要释放不同烈度的病毒，发生在中世纪的黑死病和 1918 年西班牙流感等都是它的杰作。而这一次，这个系统显然是对"屡教不改"的人类失去了耐性，它要痛下杀手了。

科学院的老家伙们没有迟疑，他们在第一时间让各大国首脑知悉了这个消息，是该让他们好好品尝晴天霹雳的滋味了，谁叫他们只顾本国利益而不顾整个地球的可持续发展呢？若是自工业革命以来的大国首脑们都能听从环保专家和未来学家们的建议，人类何至于落入今天的绝境？

视屏中，程铿院长向颜申下达命令："必须竭尽全力找到 SX 病毒 DNA 链条的薄弱环节，用'转录''诱接'等办法瓦解它的絮状结构，至少要让它尽快失去在空气中传播的能力！"

颜申心里直叫苦，没有高风这员主将，他显得底气不足。现在只能指望江帆了，好在她跟随高风多年，资质、学养、经验兼备，还是可以信赖的。

江帆不敢怠慢，马上开始用"高氏诱接转录法"对培养皿中的 SX 进行解构。这种方法是高风发明的，从发明以来就一直是对付各种疑难病毒的撒手锏，只要能破译病毒的 DNA，它就能毫无悬念地把它消灭掉。但愿这种方法对 SX 病毒同样有用，尽管 SX 的 DNA 翻译出来的是那么一段离奇的文字。

但在接下来的过程中，江帆却发现 SX 的 DNA 根本不和接近它的基因链条发生组接，反而对本该相互吸引的链条产生了排斥反应，就像饿狗看见肉包子反而走得远远的那样。一句话，SX 根本不上当。

这样的结果让颜申大失所望，他只好把情况报告给科学院，请求他们尽快联系高风，让高风再想办法。

科学院程铿院长听了这个消息，在视屏上顿了很久才说："高风一直联系不上，看来情况不妙，我们只剩最后一步棋了——抢建隔离房！"随后程铿便向 C 市病毒研究所下达了抓紧制定"SX 隔离房技术规范"的命令，要求他们在两小时内完成。颜申立即向几个研究室部署任务，要求他们以研究所隔离系统为蓝本，进行更加严密的设计，要根据 SX 的特性设置"射线栅"和"紫光栅"，要设置具有消毒功能的过渡室，要考虑到地震、停电等意外因素。

中午，江南阴郁的面孔出现在视屏墙上，他的身后是一片繁忙杂乱的建筑工地，几台冒着浓烟的推土机正突突叫着，把一大片树林夷为平地。他向工作台上的江帆和颜申勉强笑了笑："我正在你们研究所西南边的工地上指挥隔离房建设，请马上向我提供'SX 隔离房技术规范'。"

"好的，江市长，我马上给你传过去。"颜申边说边把刚刚弄好的规范传给了江南。

"爸爸，你可要抓紧啊，我们目前还对付不了 SX，现在只剩退守隔离房这条路了。"江帆仰望着视屏上的父亲，急迫地说。

江南点头："我尽力而为，几十万间房啊，就是有三头六臂也没办法在几天内完成。我说颜所长，你老实告诉我，留给我们的时间是不是不多了？"

"你可能只有几天时间，你不光要把隔离房尽量快尽量多地建起来，还要想法调集防护衣，要自带供氧系统的那种，至少一个家庭要配上一件。"

"但生产那种防护衣的厂家不多，就算现在加班加点也出不来多少，要想每个家庭都配上一件根本不可能！"

"但你是最先得到消息的呀！"江帆提醒父亲，"你马上派人去抢购，应该还来得及。"

江南"嗯"了一声，抬抬手，算是告别。

"爸爸！你可要保重啊！"江帆前倾着身子，眼睁睁看着父亲的图像淡去。

晚上，回到家，江帆躺在空荡荡的新房里，一边收看 C 市新闻，一边设想着高风现在的处境。一想到高风正身处疫区，随时都有染上病毒的危险，她的心就禁不住阵阵抽搐。她不敢往深里想，她不知道她和高风之间最终会是什么样的结局。她宁愿相信主持人充满自信的话都是真的：请全体市民放心，C 市病毒研究所的专家们已经破译了 SX 的密码，不日即可攻克 SX 病毒……

第二天下午，江帆终于等到了高风的电话。视屏上的高风头发凌乱、两眼通红，旁边坐着一个胖老头儿——竟然是国家领导人。"您有什么指示吗？"颜申差点没把他认出来。

那胖老头撩了撩掉在前额上的一绺头发，说："我没什么指示，高风需要和你们对接一下 SX 病毒的研究进展。"

江帆不等领导人说完，就迫不及待地问道："高风，你没事吧？你们这是在哪里？"

"我和政府机关在一起，情况很糟，离首都 70 千米的 Z 市已经开始出现大面积死亡，首都空气中已经检测出 SX 病毒，数百万感染者已经冲破封锁线，正在向南方涌去。我们现在被困在一处临时改建的地下秘密隔离室里，至少要等地面上发疯的人群走光之后才能出去。政府已经在南部沿海选定了转移地点，正在抢建隔离房。首长要求你们要加强自我防护，确保研究所能够在今后相当长时间内维持研究能力，你们的研究不能停，再困难都要坚持到底！"

"好的，我和颜所长会坚持下去的。你收到我们的研究报告了吗？"

"收到了，是科学院转过来的。没想到你们在短时间内就取得了重大突破！只是，SX 向我们传达的信息可不太妙，这让我感觉在 SX 背后，就像还有一个更强大的存在正默默操纵着人类的生死一样。"

"你为什么会这样想？"江帆问。

"因为病毒没有智商是业界共识，但你们却从 SX 的 DNA 中破译出了语义明确的信息。"高风答。

"你的意思是，那个强大存在在支配 SX？"

"有这种可能性。人类对大自然的贪婪和掠夺对环境造成了极大破坏，也许那个强大存在看不下去了。因为从你们破译出的信息来看，目前只有这种解释较为可信。"

"那我们该怎么办？难道我们一点希望也没有了吗？"颜申急切地问。

"既然你们已经取得了这么大的突破，我想应该会找到对付它的办法的。好了，希望你们不要放弃努力，同时注意天气动向，根据天气预报，最近就要变天了。从西伯利亚过来的寒流即将南下，要不了几天，C市就会处于SX的笼罩之下。你们可要抓紧啊！"

"那你呢？你什么时候回来？"江帆担心地问。

"我会回来的。到了新地方我会马上跟你联系。哦，对了，你去把我母亲接到你那里吧，我没机会给她打电话。"

"我不会丢下她不管的，她也是我的妈妈呀，我晚上就去接她过来。"

与高风通完话，颜中的第一反应就是向全所人员每人发了一件带供氧系统的防护衣，并要求大家随时带在身边。

江帆则当即给高风的母亲打电话，要她一定在家等着，以便晚上过去接她。

傍晚，江帆开车到了高风母亲家，却扑了个空。婆婆不在，手机也没人接。再打高风的电话，仍是关机状态。江帆在焦急与无助中等了好久，仍不见婆婆回来。只好开车往回走。走出不远，从西南机场方向突然传来密集的枪声。可是江帆已经没有精力去在意这些了，突如其来的变故已经把她弄得身心俱疲，她急需躺到家中的大床上去睡一觉，哪怕天塌下来也不管。

第 9 章　大崩溃

　　江帆刚进入梦乡，就接到从市政府打来的电话，说她父亲在机场出事了，叫她赶快前去处理，至于出了什么事，出了多大的事，对方却闪烁其词，不肯告诉她，只说到了那里就知道了。

　　这个突如其来的消息让江帆顿时心生不祥之感。她顾不上穿戴整齐，就顶着凛冽的寒风，钻进冰洞似的小跑车里。

　　江帆很快驶入机场高速公路。这条双向八车道的公路空空荡荡，除了午夜黯淡的灯光别无他物。江帆的跑车一路飞驰，右边的行道树和中间的隔离带向后次第猛退，晃成两道模糊幽暗的移动栅栏。但这两道栅栏并没让江帆产生安全感，反而让她突生一种进入死亡隧道的恐惧 —— 后面有幽灵追赶，前面是无法预知的恐怖，两边却无路可逃！天！我这是在往哪里赶啊？江帆越往前开越觉心里发毛，她感觉握着方向盘的双手已经开始发抖，她的脑中开始不断跳出一个同样的幻觉——一个满身是血的男人砰然倒地，倒在血泊之中一动不动，之后，那张血肉模糊的脸慢慢清晰，幻化成父亲那张满是忧郁的长方脸。

"爸爸！"江帆惊叫一声，一种从未有过的恐惧从心底陡然升起。爸爸是不是出事了……

就在江帆被巨大的恐惧压得来喘不过气来时，车灯尽头冷不丁冒出几个黑影，江帆哧的一声踩下刹车，跑车猛地晃了几下，差点撞到路边的安全栏上。江帆赶紧控制好方向，让跑车在黑影前停了下来。啊！死人！江帆一声尖叫，几具血肉模糊的死尸赫然横卧在车头前，吓得她直冒冷汗。江帆不敢停留，一阵手忙脚乱的操作，绕开那些尸体，没命地往前开去。

这之后的十几千米路程中，不断有死尸和弃置的车辆挡在路上。江帆被迫降低了车速，心突突地跳着，驾着跑车左躲右闪，磕磕碰碰，好几次躲闪不及，不得不从软绵绵的尸体上碾过……

江帆在濒临崩溃的状态下熬了半个多小时，终于把车开到了机场入口。

只见候机大楼前的广场上，几辆小车面目全非，还在燃烧。在摇曳的火光中，横七竖八几具尸体躺在血泊中，像一群围着火堆熟睡的流浪汉。

江帆穿过一道由士兵排成的人墙，迟疑地走进候机大厅，一眼望见了大厅展台上躺着一具尸体。她像一个怯场的小学生那样，犹疑着移到展台边，她知道那就是自己的父亲，但却不愿承认，她先是愣了一下，然后才哐的一声跪到地上，抓住父亲冰凉的手喑哑地恸哭起来："爸爸！你怎么会这样啊……你怎么会这样啊……"

江帆哭了很久，直哭得天旋地转差点背过气去，才有人把她扶起来，黯然劝慰："节哀吧……你父亲是在指挥装运防护衣时，遭到市民哄抢，所以才……几十万人涌了过来，控制不住……天灾还没降临，人们就开始自相残杀了……江帆，你可千万不能垮，希望都寄托在你们病毒专家身上了。"

江帆愣愣地听完，过了好一会儿才说："我不会垮的，我一定要消灭SX。"说着，目中渐渐放出光芒。

江帆没有回家，她在一队士兵的护送下直奔研究室。江帆已经感觉不到疲倦，失去父亲的剧痛化作了无尽的力量。

第二天早晨，颜申一进研究室就吓了一跳。他看见江帆披头散发地趴在工作台上，看上去无声无息。等他走近了，才看见她的肩背在微微起伏。颜申松了口气，在江帆的旁边轻轻坐了下来。

江帆一直睡到中午才醒，看到颜申坐在身边，一下子像想起什么似的说："我好像做梦了，梦见我爸爸被打死了，好恐怖哦，就像真的一样。不对……那就是真的，你知道吗？我爸爸死了，被那些抢防护衣的市民打死了。"眼泪再一次夺眶而出。

"哭吧，哭出来就好了。"颜申轻声说。

哭了许久，江帆才平静下来，才想到要给高风打个电话。这次竟然通了！

高风清瘦的面容出现在视屏上，他身后的背景好像还是那个地下隔离室，但他的身边却看不见其他人。

"高风！"江帆颤抖地唤了一声。

"江帆！"

"高风，你快回来吧……"

"我快要回去了，我不会丢下你不管的。你那里的情况究竟怎样了？"高风把目光从江帆移向颜申，"颜所长，不瞒你说，我这里的情况糟透了，这里已经变成一座死城、空城，该逃的逃了，该死的死了，政府机关已经搬到南方沿海某地去了，我们是最后一批留守的人，也是最后几个还活在这座城市中的人，我们在等着那架唯一能飞的飞机返航。哦，对了，顺便告诉你们一个不幸的消息，西伯利亚的强冷空气已经开始南下，估计后天就会到达你那里，希望你们早做准备，从现在开始，外出务必要穿防护衣……"

"好了，我们知道了。"江帆忍不住打断他，"你什么时候回来？"

"我会尽快安排尽快赶回去的，我说话算话。"高风说着伸出了他的右手小拇指。江帆也伸出右手小拇指。他们隔空拉了一个钩。

高风最后问到了他的母亲，这一问又问得江帆泪水涟涟，她哽咽着把父亲的死和婆母的失踪告诉了他。高风听了并没有哭，而是一脸麻木地望着她，好像这一切都在他的预料之中似的。

下午，江帆在颜申的陪伴下，再次把车开向市区。

大街上已经出现了少有的混乱，一路上走走停停、拥堵不堪。他们在经过市政府前的广场时，发现那个足有 10 万平方米的广场已经被密匝匝攒动的人头铺得满满的，广场前的迎宾大道也被堵得水泄不通，车辆根本别想通过。那些人的嘴不停地张合着，制造出一波又一波的声浪，最终汇成了两个词语——"防护衣！防护衣！隔离房！隔离房……"那些人的手臂不停地挥舞着。

江帆的跑车一停，那抢眼的颜色立即把附近的人群引了过来。颜申见势不妙，赶忙用左臂拐了一下江帆的肩膀："快开！慢了就完了！"

江帆慌忙挂上倒挡，猛踏油门——跑车屁股往旁边一甩，随即沿着人行道的边沿向前冲去，差点把几个站在人行道边的人撞飞。

经过近两个小时，江帆才把车开到高风母亲的楼下。可是，他们还是没有找到人。江帆这才相信，高风的母亲真的是失踪了。

这时，市区的秩序更加混乱，颜申赶紧提醒江帆："我们不能再找了，城市管理机制已经瘫痪，再不往回赶可能赶不回去了。"

回研究所的路变得比省际公路还要漫长，他们在危险的包围中足足开了3个小时，直到快没油了才回到研究所。一进研究所大门，颜申立即下了一道命令："研究所进入一级警戒状态，所有研究人员不得回家，立即秘密通知配偶和子女到所里暂住，其他人员一律不得入内。"

颜申下完命令不到一小时，就接到王市长秘书打来的电话，说市长正在视察隔离房的建设情况，顺便到研究所察看 SX 的研究进展，请做好迎接准备。

哼哼！察看 SX 的研究进展？颜申觉得有些蹊跷，王市长可从来没过问过病毒研究情况啊，何况这也不是他过问的范围。

20 分钟后，颜申把王市长以及他的妻子儿女迎进了江帆所在的研究室。

"王市长，请做指示吧！"颜申不无揶揄地说。

"呵呵，指示说不上……只是想借贵地暂住几天。"

"王市长，在这里恐怕不便指挥全市的疫情防控吧？"

"哈哈！你当我是傻瓜吗？我们还有什么可防，还有什么可控？强冷空气已经开始南下，超不过后天，SX 病毒就会弥漫整个 C 市的天空。而江市长指挥修建的隔离房只够几万个家庭居住，C 市几百万人，轮得到谁？你们看见市区聚集的市民了吗？他们现在正向那些新修的隔离房涌去……他们中的好多人都等不到 SX 病毒动手就会死去。我不忍心看到那样的场面，因此到你们这里来了。恳请颜所长收留我们一家子吧，来，孩子们，快给你颜叔叔磕头。"

"别，别这样！"颜申连忙把已经下跪的两个孩子牵起来，

"我看这样吧，离这个研究室不远还有一个空着的研究室，已经进行了改造，你们一家就住到那里去吧。"

"谢谢谢谢，颜所长您真是我们全家的救命恩人了，以后定当重谢，定当重谢！"

颜申带着王市长一家人向新居所走去。这时，一阵密集的枪声突然从西南方向传来。

第 10 章 病毒纪

枪声越来越密，越来越近，吓得颜申连忙命人关上研究所的大铁门，并连同围墙上的铁丝网一并通上了电。这是不得已而为之，电死几个人总比成千上万人疯狂涌入要好。

大门刚刚关闭，黑压压的人群就向这边涌过来。他们都是没有抢到隔离房的市民，病毒研究所成了他们最后的希望。可让他们没有想到的是，等着他们的虽然不是突突喷射的枪口，但却换成了杀人不见血的强大电流！无数的身躯在电流的刺激下纷纷扭曲，好多人都来不及发出一声惊呼就倒地而亡。后面的人看到前面的人纷纷倒地，以为是受到了某种先进武器的攻击，于是都呆立不动，不敢贸然前进，直到一阵奇怪的烤肉味飘进他们的鼻孔，才有人大喊一声："有电，快跑！"

……

据事后调查，在 SX 降临前 24 小时，有上百万市民涌向隔离房，结果遭到另外上百万穿着防护衣的市民阻截，当时场面血腥混乱，双方死伤无数……而另外几百万没有参与争抢隔离房的市民，则抱着最后一丝希望向南方逃去……C 市很快成为空城。

在 C 市变成一座空城的第二天，寒流袭来，C 市天昏地暗。

颜申在北风初起的当儿，从空气中检测出了 SX 病毒。这些病毒乘风而至，裹挟着凛凛杀机，几天之内席卷东北亚、东亚、东南亚……而这时，数以亿计的没有抢到隔离房的人还在向南蜂拥，如果从高空下望，给人的感觉就像非洲大陆上为生存而长途迁徙的庞大的偶蹄类动物群。他们在迁徙途中相互推挤、相互倾轧、相互仇视、相互残杀。

在 SX 侵入 C 市的第五天，王市长接到当局命令，要他继续领导 C 市幸存者抵御 SX，C 市病毒研究所仍然是人类同 SX 血战到底的主战场。因此，抓好 C 市病毒研究所的攻坚战和延续幸存者们的生命，成为 C 市政府今后的两大任务。

同样也是在这一天，当地军队划归王市长指挥调度。王市长这时只能借助军队。因为当地政府机关已经瓦解，无力确保十来万幸存者组成的社会机器的有效运转。在这个人类史上从未有过的特殊时期，要让幸存者们继续活下去，无疑是相当困难的一件事情。这时的生活环境比以往任何时期都要脆弱千倍，它极像一艘被困在深海中的漏洞百出的巨型潜艇，稍有疏忽，无孔不入的海水就会让整个潜艇在一瞬之间招致灭顶之灾！

王市长让军队的几个将军进入了政府领导层，并根据时下的特殊情况成立了几个临时机构。电力保障局、食品供应局、隔离房维护局、秩序控制局、物资生产局、SX 研究所等都是这时最主要的行政机构。

秩序控制局在开始的一段时间显得异常繁忙，主要原因并非打击犯罪分子，因为这时 SX 已将所有暴露在空气中的人抹除，已经没人能对抢到隔离房的人构成威胁，所以如何处置那些堆积如山的尸体这时成了一道天大的难题 —— 秩序控制局必须在夏季来临前完成这项工作。

食品供应局的人同样辛苦。他们穿上笨重的防护衣，成天在超市、冷库以及市民遗留的住房中搜寻，所有现成的食物都成了他们获取的目标。

因隔离房对电力的特殊要求，电力保障局成了当时最重要的机构。他们已经和邻近的几个城市取得了联系，共同担当起维护当地水电站的任务。同时，为了确保万无一失，他们还把 C 市下游的几个小型水电站单独建网，作为大电网停电时的备用电力。

物资生产局则成为日常用品生产的组织者，大到防护衣的生产，小到蔬菜的种植都是他们的管辖范围。

从抵御 SX 的角度讲，以上所做的一切，都是为保存人类有生力量而做的"后勤"工作，真正的"主战场"还是病毒研究所。

因为在攻克 SX 病毒过程中的贡献，江帆被任命为 C 市病毒研究所副所长，成为挑战 SX 病毒的主将。江帆曾提出把这个位置留给高风，但高风却在那次通话之后再无消息。江帆在担惊受怕中等待着高风，C 市政府也在千方百计寻找高风的下落。但几个月过去了，高风仍然杳无音信。

时光流转，生存愈发艰难。江帆对高风的思念依然不减。一如她胸口那块蝶形玉佩，从无片刻离身。那块玉佩是高风送她的，像一只翠绿的蝴蝶，背面刻着一只线条明快的凤凰。高风的脖子上同样挂着一块蝶形玉佩，比她的稍大，背后刻着的是一条龙，寓意龙凤呈祥。

每到特别想念高风的时候，江帆就会把玉佩从脖子上摘下来，捏在手中细细把玩，好像是在摸着高风的下巴 —— 那下巴刚刚刮完胡须，滑溜润泽，手感极佳，妙不可言。

经过 C 市政府一段时间的努力，10 万幸存者的生存问题基本得到保障，住在隔离房中的人们渐渐忘记了伤痛，他们心存感激，为自己的幸存暗自庆幸。但这种庆幸并没维持多久，因为隔离房中的岁月，本质上就是一种囚徒生活，是一种遥遥无期的终身监禁，不单是自己，甚至可能还包括自己的子孙后代。于是，隔离房有了另外一种称谓："囚屋"！与之相伴，人们开始将一个个城市称为"小囚"，把一个城市群叫作"中囚"，把地域相近的几个城市群叫作"大囚"。也是从这时开始的，相应地，县长、市长、省长等的称谓也变成了"小囚长""中囚长"和"大囚长"。

这些幸存者开始为不能自由进出隔离房而哭闹，开始为不能看到足球赛事而怨怒，开始为不能上网聊天而疯狂……他们渴望在蓝天下自由呼吸，在草地上随意漫步，他们渴望聚会、渴望交流、渴望 SX 病毒降临前的种种自由。于是，有些人因忍受不了囚徒般的生活而自杀，也有人干脆裸身冲出隔离房，跑到风景如画的郊野肆意狂奔，自由自在地过完人生的最后 5 天。而那些渴望活下去的人，则把希望寄托在颜申和江帆身上，希望他们能尽快创造奇迹，好让大家早日"刑满释放"。

3 年后，SX 依然无解，并且还在不断进化、不断完善，人类的研究者已经跟不上它变异的步伐。有位叫匡衡的史学家断言，人类不可能在短时间内战胜 SX，人类历史已经进入由病毒主宰的时代，他据此将这个时代命名为"病毒纪"，并把 SX 出现的那一年定为病毒纪元年。

又 3 年，江帆对短时间内攻克 SX 病毒不再抱有希望，也不再对高风的生还抱任何幻想。她在这一年春天，突然向颜申提出一个要求：她要嫁给颜申！这令一向标榜独身的颜申颇感意外、猝不及防，但还是同意了。

江帆和颜申从此有了一个新家，市政府把他们安置在一套有 7 个房间的"大囚屋"里，这个所谓的大囚屋其实不到 70 平方米，透明窗前有草地和森林，森林背后看得见城市灰色建筑的尖顶。

在和颜申结婚的那天晚上，江帆把高风送给她的蝶形玉佩从脖子上摘下来，悄悄藏进衣橱的最底层。等她站起身，摸着光溜溜的脖子，顿觉 6 年前的一切都不是真的，恍若摄影师在长镜头中向后猛推的风景，最后只剩一片虚幻的光影。江帆决定一心一意跟颜申过日子，陪着乐观幽默的颜申慢慢老去。

可是世事无常，生活总喜欢和人开玩笑。在新婚第五天，颜申在去 E 市视察途中出了车祸，防护衣被撞出个大口子。

当江帆看到她的第二任新郎，在两个士兵的搀扶下，裸露着身躯，一步一步地走近自家的透明窗时，她惊得差点昏死过去。颜申一如平常，挂着他的招牌笑容，向他的新娘挥手告别……

颜申死后的第九个月，江帆生下一个如小猫般瘦弱的女孩，她给她起名江颜。

残存的人类，从此进入一个漫长黑暗的囚居时代。

第 11 章　飞星恨

　　染上 SX 病毒的林间被送进"疗养院"后，江春蓝得到了 10 天丧假。在配偶还没死去就开始丧假，这是在病毒纪才特有的制度——前 5 天等待，后 5 天哀悼。

　　在等待丈夫大限降临的 5 天里，江春蓝一直闷在自家的囚屋里，既烦躁又无助。母亲的安慰和孩子们的依偎也丝毫减轻不了她心中的孤寂。在病毒纪，所有摊上这档子事的女人都是不幸的，因为从此以后，她们都得像中国封建社会的丧夫女子那样，不得再嫁，只能在青灯冷月中了此残生。江春蓝至此体悟到了当年父亲死去时母亲的痛苦，也谅解了当时母亲差点弃她于不顾去追随父亲的行为。江春蓝是痛苦的，但她又一直在心里强调，林间是那台婚配机强加给她的，她不爱林间，所以也不应该痛苦。可是，不管她怎样强调、怎样暗示，她的心还是常常会出现令人窒息的抽搐。

11年了，林间从娶她的第一天起，就一直把她当作宝贝悉心呵护，向她奉献了一个男人全部的责任和所有的爱。可是，江春蓝的心一直被那个叫高若天的男孩占据着，林间的爱意只能触及她的肌肤，却无法抵达她的灵魂。也许是逃避心理作祟，随着第五天的临近，江春蓝心中的痛苦开始逐渐减弱，高若天的形象则在心中的某个角落苏醒过来。这把江春蓝吓了一跳，她赶忙拼命去想林间此时的处境和平日的好处，甚至连他在病毒发作时的惨状都想到了。可是，这些都没用，她越是压抑，高若天的形象越是更加清晰地在她的记忆里疯长。

我叫高若天，爸爸希望我高若云天，自由自在，你呢，你叫什么？

我叫江春蓝，妈妈把我生在江南，希望我如一江春水，澄澈清亮。——日出江花红胜火，春来江水绿如蓝。

……

若天，我好孤单哦，你愿意成为我的好朋友吗？

春蓝，我也好孤单，就让我们做一辈子的好朋友吧。

……

若天你说，我们在这世上真的有见面的希望吗？

江春蓝，我们有见面的那一天，我们一定有见面的那一天。

不！我们没有那一天！我们之间的银河太宽太宽，没有人愿意为我们架设鹊桥，我们的命运注定连牛郎织女都不如！

唉！我们为什么要在一个错误的时间来到这个错误的世界，我们为什么不出生在一百年以前？

这是他们当年在网上相遇时的对话，江春蓝几乎能一字不落地背下来。那时，她才14岁。

接下来，15岁的高若天拨响了江春蓝家的电话，一个还不太成熟的男声从话筒的另一端传来，这是江春蓝第一次听到一个陌生男孩的声音，这声音恰如一根灵巧的手指，猝然拨响了她心中那根隐秘的琴弦，拨得江春蓝面色潮红，神迷意乱。江春蓝和高若天激动地倾诉着，恨不得把一生的话都在那一刻说尽。

从那以后，上网聊天和倾听对方的声音成了他们每天的必修课，他们通过网络和声音互诉衷肠，从早到晚，滔滔不绝，乐此不疲。

没过多久，一个身材高挑、英俊活泼、笑容可掬的大男孩儿形象在江春蓝的头脑中塑造出来。这个形象多少有点像父亲曹践的样子，只不过比父亲年轻许多。江春蓝很快了解了高若天的身世，原来高若天和她一样，同样出生在一个病毒研究世家，他爸爸的爷爷曾经是病毒纪来临前的一名世界级病毒学家，对攻克当时的许多凶险病毒做出过卓越贡献。高若天的爸爸在病毒研究所工作，妈妈是物资保障局的一名工作人员，他们都非常爱他，只是爷爷奶奶的过早离世让他备感孤独。

两颗孤寂的心就这样碰出了火花。相知越深，情意越浓，狭小的"囚屋"已经装不下江春蓝的心。江春蓝的心已随那群南飞的大雁远走高飞，飞过丛林，飞过原野，飞到了高若天远在天边的家乡。高若天的家乡在一个迷人的海湾里，背靠葱茏的山峦，面朝空阔的大海。

高若天从记事起，就常常趴在透明窗前的小桌上，看碧海蓝天，看风来雨去，看烟波浩渺。在海面与天幕搭建的舞台上，高若天的心随波涛奔涌，随鸥燕翱翔。爷爷告诉过他，在好多好多年前，海面上有舰船游弋，有白帆点点，有漂亮的游艇停泊在宁静的港湾。如今，那些舰船早已挣脱锚的囚禁，或翻覆海底，或远走他乡。尽管如此，高若天窗外的舞台还是充满动感，充满色彩，朝晖夕阴，气象万千，远比江春蓝窗外的舞台生动活泼、多姿多彩。

江春蓝常常坐在透明窗前，双手如花萼般托着花朵似的脸庞，面朝南方，目光越过远处森林的树梢，极目蓝天尽头，在那片渐次紫灰的天空中，等着高若天的目光前来相会。那束来自远天的无声闪电，已然成了他们目光相触的凭据。

这样就到了冬天，到了江春蓝来到人世的第十五个年头。这天是江春蓝的 15 岁生日，天空飘起了梨花般的雪片。窗外的舞台一幅隆冬布景，那些动物演员都瑟缩在自家的洞穴里，谁也不来为她献上一曲祝福的舞蹈。不过江春蓝一点也不怪罪它们，因为她在等待一个最美最美的礼物，一个可以把所有的冰雪融化的礼物，一个让刚才爸爸妈妈的祝福都变得平淡无奇的礼物。这个礼物，江春蓝已经等了 3 天。3 天前的早晨，高若天在电话里说，他要送一个天底下最美的礼物给她，让她过一个 15 年来最开心的生日。至于是什么样的礼物，他说不到时间肯定不说，他要给她一个最大的惊喜。

这天，江春蓝起得很早，她端坐于透明窗前，一边看窗外的雪花欢快飘转，一边侧耳聆听随时可能响起的电话铃声。刚才的两次铃响，已经引得江春蓝的心一阵突突乱跳，当听到是爸爸妈妈的声音时，她亢奋的心情陡然低落，对他们慈爱的祝福只是敷衍了事，以至于妈妈以为她生病了。之后，江春蓝的耳朵更是一直被电话牵着，她知道，当电话再次响起时，听筒里传过来的定是那个让她粉脸发烫的声音，因为除此之外，从来还没有第四个人打来过电话。病毒纪的孩子就是这样可怜，他们对电话的渴望和敏感是常人难以想象的，他们中的好多孩子甚至一年都难得接到几个电话。也许是江春蓝的注意力过于集中的缘故，有好几次，她的耳朵里竟虚拟出丁零零的电话铃声来，引得她欢天喜地地跑向电话。当几次被自己的耳朵欺骗之后，她不禁自嘲地笑起来：我这是怎么了？

江春蓝就这样等啊，等啊，直等到雪花铺满了草地，直等到一树树苍松变成一座座雪塔，直等到天光暗淡、浓重的暮色染黑了雪野。有好几次，江春蓝都想主动去拨高若天的电话，但都被自己那颗浪漫的心说服了，我不能拨，我一拨，高若天的礼物就要大打折扣了。唉，高若天啊，你让我等得太久了，你已经达到应有的效果了，快给我吧，快给我！现在给我，我就会一下子达到幸福的顶点的。一分钟也不要拖了，一分钟也不能拖了，就在这一刻，就在这一刻，我生命中所有的期盼、所有的快乐、所有的幸福都在这一刻了。快呀，快让我听到欢快的电话铃声！

可是，无论江春蓝如何呼唤、怎样祈求，屋角那部灰色的电话仍然如矜持的少女缄默不语。此时，江春蓝已经一整天没吃东西了，她突然感到周身无力，又冷又饿。她从那扇已经变成黑窟窿的透明窗后站起来，径直走向那部已经哑巴了的电话。江春蓝已经顾不了那么多，她已经经受不住等待的煎熬，就算让那礼物的价值打折一半，她也要马上听到高若天的声音。其实，在这样的时候，最好的生日礼物就是能马上听到高若天的声音了。

江春蓝不再迟疑，左手猛然抓起话筒，右手一阵噼里啪啦，嘟 —— 通了！江春蓝的心一阵慌乱，她赶忙屏息聆听，等待着自己被幸福的闪电猝然击中！嘟 ——……话筒里嘟嘟的长音还在继续。怎么没人接？不会吧，高若天不可能不在的，病毒纪的孩子不可能在 18 岁以前走出囚屋的。江春蓝再次拨了一遍，仍然只听到嘟嘟的长音连续不断，其后又连续拨了几十遍，电话还是没人接。

江春蓝在一阵痉挛般的乱敲乱打中瘫软下来。

3 天后，一直以泪洗面的江春蓝从爸爸的电话里得到了证实，高若天的家乡发生了地震和海啸，有好多人不幸遇难。江春蓝只是轻轻哦了一声就挂断了电话，随即躺到自己的床上长长地出了口气，接着，她那被思念涨得满满的胸一下子就空了。她想流两行泪来祭奠高若天，但好奇怪，一滴泪水也没有了。

第 12 章 探家日

月末"探家日"到了。曹践坐在他的囚长官邸的软椅上，一边把刚刚审定的竞选材料装进公文包，一边想着待会儿和女儿相见时的兴奋场面。曹践本来答应在女儿生日那天回家为她过生日的，作为中囚长，他有这个特权，他可以找一个"视察"之类的理由悄悄回家，只要在天黑之前赶回官邸就行。可是，现任大囚长的突然病逝却使本该在明年进行的大选提前，这让曹践在内的几个候选人都有些措手不及。曹践不得不第一次在女儿那里食言，他必须抓紧这短短的几天做好充分准备。至于女儿的生日，只有在"探家日"那天为她补过了。

曹践是非常喜爱江春蓝的，要不是为了仕途，他是宁愿天天在家陪伴她的。特别是在江春蓝的外婆刚去世的那些日子，他甚至差点为了照顾幼小无助的女儿而放弃中囚长的职位。不想一晃就是 5 年，当年那个可怜巴巴的小女孩已经出落成一个落落大方的大姑娘，再过 3 年，她就可以走出囚屋，到她妈妈的岗位上去向 SX 病毒发起挑战了。

曹践向身边的秘书交代了几句，让秘书为他穿好防护衣，随即走出官邸。说是官邸，其实是由当年 C 市病毒研究所的一间大型实验室改建而成，就在江影竹外婆江帆当年的研究室的西南面，中间只隔一个缓坡和一片松树林。曹践起动那辆已经跟随自己 5 年的老奔驰，驱车来到江影竹外婆当年的研究室前，把刚好从里面下班出来的江影竹叫上车。

"孩子的生日蛋糕准备好了吗？"江影竹的问话传进了曹践的耳机。

"在那里。"曹践朝后座那个漂亮的大蛋糕努了努嘴。

"对了，你的竞选材料呢？"

"弄好了，在包里，你看看吧。"曹践拍了拍座位中间的公文包，随即起动了汽车。

江影竹的手被厚厚的手套束缚着，但她还是笨拙地取出材料，隔着头盔面罩快速地浏览了一遍："很好，有戏。"

"是吗？"曹践微笑。

"是啊，不过不能掉以轻心，听说 B 市群和 D 市群的那两个候选人也不错，呼声也很高。"

"我知道，顺其自然吧。"

"你好像信心不足啊？历届大囚长都是由 C 市群的中囚长接任的，总不能到了你这里就例外了吧？"

"那也得通过选举，总不能用武力去抢夺吧？"曹践的语调高了起来。

"我不管那么多，你不为我着想，也要为女儿着想吧。你当了大囚长，女儿就不用到那台婚配机前抽男人了，我可不愿意让她抽到个奇头怪象的男人，你以为她还有当年我那样好的运气啊。"

"哈哈！你终于承认我是你的意中人了。"

"才没有呢，除非你这次选上了大囚长。"

"好吧，为了得到你的承认，为了女儿，我就是削尖脑袋也要钻到那个位置上去！"

曹践说着缓缓刹住了车，两眼盯着西山脚下那座既威严又气派的大囚长官邸。那官邸的外观是仿照太和殿建的，里面的装修很豪华，办公、生活、娱乐等各项功能应有尽有，设有 3 道隔离系统和 5 套应急逃生方案，在 10 级强震中也不会出现空气泄漏。

5分钟后，他们的车穿过小河上的石拱桥往右一拐，再穿过一长溜"囚屋"，停在自家"囚屋"前的隔离门前。

进入过渡室，一小时消毒程序开始，却不见他们的乖女儿把脸贴到透明门上冲他们扮鬼脸。

曹践用力在透明门上拍了3下，向江春蓝发出了他们回家的信号。"这闺女在搞什么鬼，怎么不露面呢？"

"是不是怨我们没及时给她过生日呢？那天我给她打电话时她就显得有气无力的。"

"也许吧。我们再等等看，说不定她会突然跑出来吓我们一大跳的。"

10分钟后，江春蓝还是没有出现。

"会不会出什么事了？她从来没有熬过10分钟的。"

"孩子是不是生病了？都怪我糊涂，事先没给她打个电话。"

"也不至于不过来迎接啊，生病的时候她过来得最快呢，她更需要我们的安慰呀。"

"是不是睡着了？这孩子没事就喜欢睡懒觉。"

"怎么可能？她明明知道今天是我们回家的日子，这日子她都盼望 20 多天了，她能睡着觉？"

"那你说她怎么啦？"江影竹突然大叫起来，震得曹践的耳膜嗡嗡作响。

"别急嘛，她不会有事的。"曹践嘴里这么说着，心里却有点发虚。

"春蓝，春蓝……"江影竹一边大喊女儿的名字，一边狠命地拍打着透明门。

一小时消毒程序结束的提示音一响，曹践、江影竹就飞快脱掉防护衣，开启了连接室内的透明门，向女儿的房间冲过去。冲到女儿床前，两人双双呆住了。

江春蓝穿戴整齐，和衣躺在床上，被子叠得好好的，齐齐地搁在靠里一侧。

女儿的脸本来圆润而饱满，是那种标准的鹅蛋形。可是现在，那张脸却像拉肚子脱水后的样子，没有色彩，不显水分，也不见表情，只是被一种异样的宁静笼罩着。

"春蓝"——江影竹大叫一声，扑向女儿已经瘦得跟干柴似的身体。这孩子怎么会这样啊？

"春蓝！发生什么事了？为什么连爸爸也不告诉一声？"曹践急得声音都变了。

就在他们抱头痛哭的时候，隐隐听到一声缥缈的呼唤从半空中传来："妈……爸……"

"曹践！快叫医生！快叫医生！"

曹践马上拨通了医院的电话，要他们派最好的医生带最好的药物设备立即赶过来。

20分钟后，3名医生进入过渡室，那该死的一小时消毒等待让曹践和江春蓝心急如焚！恨不得立刻打破透明门，把医生直接拖到女儿床前。

1小时20分钟仿佛比整个病毒纪还要漫长，等医生们赶到江春蓝的床前，她的呼吸和心跳已经相当微弱，气若游丝了。

经医生初步诊断，江春蓝的情况是因绝食所至，她至少已经有6天没有进食，她的血糖值仅为正常值的15%，收缩压仅仅70mmHg，多个器官衰竭，生命已经处于垂危状态。

……

医生们开始为江春蓝打针、挂水，忙活了半天，江春蓝的情况总算稳定下来……

第 13 章　成年礼

转眼就到了举行"成年礼"的日子，江春蓝坐在透明窗前静静地等待着，等着司仪带着她向往已久的防护衣到来。妈妈在为她收拾上班的行装，爸爸在一旁不停地交代出去后的注意事项。江春蓝满心欢喜，她已经无数次对外面世界进行过不同版本的想象，她的心已经如欢快的小鸟一般在外面的蓝天中自由飞翔。

在"囚屋"中的最后 3 年，对江春蓝是一种可怕的煎熬。3 年的孤独，3 年的哀伤，3 年的苦学，就这么不声不响地变成过去，如云烟一般飘散。云烟散尽，高若天的形象依然在心，她想起他磁性的嗓音，想起他承诺的礼物……唉，要是他还活着该多好啊，我就有机会去见见他了。

就在江春蓝一脸惆怅的时候，司仪到了，一行 3 人，其中一人手拿礼器，剩下两人各捧一件防护衣，一件天蓝，一件火红，式样和颜色都是按照江春蓝的要求定做的。曹践隔着透明门招呼他们在过渡室坐下来，然后问江影竹准备好了没有？

江影竹说，准备好了。"女儿的衣服多数都不能穿了，等出去后我带她去买，没想到她长那么高了，都高出我半个头了。"江影竹说着把一个提包递到曹践面前。

曹践接过提包："是啊，已经出落成一个漂亮的大姑娘了，不知会吸引多少小伙子的目光呢，我一定会让她过得比你还幸福的。"

"你拿什么让她过得幸福？你仅仅是个中囚长，你有那样的特权吗？"

"这……我……"曹践一阵难过，想起3年前曾经向女儿许下的承诺：让她做自己喜欢的事情，决不让她到婚配机前抽取男人！可是，拿什么去兑现这份诺言啊？

"好了，你也不用难过，不要着急。谁叫我们生在这个该死的病毒纪呢？命啊，认了吧！"

"不！我决不认命！"刚才还一脸迷惘地望着窗外的江春蓝转过头来，"如果那样，我宁愿去死！"

"什么？你怎么会说出这种话？"江影竹被女儿坚定的言辞

和犀利的目光吓到了。

曹践也着实被她那个样子吓了一跳。他想到如果真有那一天，他该怎么办？在这完全没有条件考虑个体利益的时代，为爱徇情的事几乎每年都在发生。特别是在每年3月桃花盛开的抽婚季节，不知有多少艳若桃花的姑娘被逼上了绝路。曹践曾目睹过好多对青年男女，他们在得知抽婚的结果无法让双方配对后，毅然当众脱掉防护衣，牵上手就向山上的桃林奔去，而等着他们的总是执法者无情的弹雨，他们喷涌的热血洒向桃林，把桃花浇灌得一年更比一年鲜艳。在这个时代，爱情成了奢侈品，成了死亡的代名词。

曹践感到不寒而栗，他仿佛看到女儿两年后脱掉防护衣一路奔逃的情景，而更让他痛心的是，奔逃的女儿无人陪伴，她孤零零地奔逃，竟是为那个素未谋面的高若天！

"不，我绝不让你殉情！"曹践语调很低，但语气坚决，眼中充满爱怜。他俯身把着女儿的肩膀，坚定地说："宝贝儿，我要你好好活下去！爸爸会想办法的，你也要想办法，通过努力不断探索攻克SX的技术，你们是人类的希望！"

"是啊，你爸爸说得对，我还等着你来接我的班呢……"

一小时就这样在不觉中过去了，3个司仪从过渡室中走进来，江春蓝的成年礼开始了。

领头的司仪板着面孔，眼中却充满了笑意。他背对透明窗让江春蓝站在面前，两个助手捧着红蓝二色防护衣分列左右。江春蓝的父母站在一旁，显得既欣喜又紧张。

领头的司仪见一切准备就绪，就朗声宣布道："公民江春蓝成年礼现在开始！第一项，脱外衣，净身！"

江春蓝羞涩地看了看母亲，母亲点头示意她快脱。江春蓝利索地把那套灰棉衣脱掉，窈窕身段尽显，让见多识广的司仪们都愣住了。领头司仪慌忙拿起喷雾筒，往江春蓝身上喷了几下，一股迷人的芳香弥漫开来。

"第二项，聆听《宣言》。"领头司仪打开手中的《战胜SX宣言》的精彩段落朗读起来，"SX是人类的大敌，每一位成年公民都有向它挑战的义务，战胜SX是我们共同的责任，冲出'囚屋'是病毒纪人类的最高理想……"

听完领头司仪的朗读，江春蓝开始了仪式的第三项——当事人宣誓：

"我是病毒纪人，我要以战胜病毒为荣，惧怕病毒为耻，我谨以我祖先的名义起誓：遵循法律规范，全力服务社会，决不自杀逃避，齐心攻克病毒！"

宣完誓，领头司仪又朗声宣布："下面进行第四项，加成年冕，授防护衣！"

站在左侧的司仪上前一步，把通体火红的防护衣举到江春蓝面前。领头司仪首先拿起一个红色软帽戴到江春蓝头上，算是为她加了成年冕。接着就按穿着规程一步一步地为她穿防护衣，一边穿一边讲解。几分钟后，穿上防护衣的江春蓝就如同一个宇航员一样英姿飒爽了。

江影竹走到女儿面前，围着她转了一圈，惊喜地叫起来："哇，成大人啦！我们的宝贝女儿成大人啦！"

江春蓝感到周身发热、脑袋发蒙，有些头重脚轻。她从还未闭合的面罩看出去，见大人们都在一边鼓掌，一边赞叹。等掌声停了，领头司仪宣布进入第五项："走出'囚房'，成年礼毕！"

江春蓝看见几个大人极熟练地穿好各自的防护衣，五颜六色地拥在她的周围。爸爸走到她面前微笑着说了句"祝贺你，宝贝儿"，就啪的一声帮她关上了面罩。嗨！好静啊，世间万籁都被那层薄薄的面罩隔到外面去了，而自己的呼吸声却突然变得那么响，像鼾声在小房子中回荡。

"还不怎么习惯吧？"爸爸的声音从耳机中清晰地钻进来。

"爸爸，我像被关进黑屋子了，我感觉呼吸有些困难。"江春蓝紧张起来。

"别怕，你慢慢会习惯的，呼吸困难那是错觉，你现在呼吸的空气比房子里的还新鲜呢。"说着，大人们已经簇拥着江春蓝走进过渡室。曹践启动按钮，透明门一关上，通往外界的门随即打开。

"好了，该出去了，请江小姐第一个迈出'囚房'！"领头司仪说完这句话，他的使命就算完成了。

江春蓝站在门口，一片白茫茫的雪野耀得她一阵目眩，她眯缝了好一会儿眼睛，才看清了周围的景致。

她发现她家的"囚屋"只是这一长溜"囚屋"中最靠西边的一个，往东是一条盖着薄雪的公路，顺着"囚屋"直到与一条南北走向的马路会合，在南边是一片被白雪覆盖的草地和一片阴冷的树林，昨夜的大雪已经把树木塑成了蓬松的雪塔。雪塔的上面是蓝天，蓝得就像是被人用雪擦过似的。太阳正当顶，柔和的阳光照着树林、照着雪地，把一切都照得亮晶晶的。

江春蓝忘情地跨出囚门，跑向雪地，欢乐地旋转起来、喊叫起来。很快，她的头罩里面就被太阳的光线和自己的欢叫灌满了，她感到一阵眩晕，像一只红狐似的倒了下去。

"春蓝！"曹践大叫一声冲过去，一把将快要倒地的女儿揽在了怀里。

其他人都跟着冲过来，大声唤着江春蓝的名字。

江春蓝只是短暂地失去知觉，她是被这新鲜的气息熏倒了。她仰躺在爸爸的怀里，仰望蓝天、沐浴阳光，感觉很舒坦！她真想掀开面罩，大口大口地呼吸树林里的新鲜空气！

爸爸把江春蓝抱上车，他要带着她到处转转，让刚刚成年的女儿开开眼界。

对江春蓝来说，一切都是那么新鲜、那么稀奇。第一次坐上汽车的感受比她的祖先乘坐宇宙飞船还要来得刺激，一次转弯、一个颠簸都足以让她发出欢快的尖叫。当汽车穿过小桥时，看见太阳在小河里洒满金光，她竟然兴奋地叫了一连串的"金子"！

曹践特意把车开进了祖先们居住的城市，他要让女儿明白，SX 病毒是如何把人类从如此优越的环境中赶出来的。通往市区的公路已经布满荆棘，还不时有一棵大树挡在中央，曹践只得小心翼翼顺着新近的车辙前行。足足过了一小时,他们才开到只有几千米远的城市边缘。

城市森林!这是曹践对这个城市的重新命名。大街上荒草丛生、大树成林,那一幢幢曾经亮丽无比的摩天大楼,已经快被常绿的藤蔓爬满,只剩一些灰头土脑的尖顶,还在固执地昭示着这座城市昔日的辉煌。

"爸爸!我真不敢相信这一切都是真的。"江春蓝的脑中闪现出电脑中繁华都市的图片,难过得直摇头。

"孩子,别难过。"妈妈搂着她的肩膀说,我的外婆就曾经生活在这座城市里,病毒在她新婚的第一夜就让她失去了丈夫,她是和 SX 病毒战斗的第一批战士,我们要继承她的遗志,让她的在天之灵得到慰藉。

江春蓝听着妈妈哀伤的讲述,幽深的眼眸已经噙满泪水。

第 14 章　好爸爸

江春蓝加入了 C 市病毒研究所。如果不出意外，她今后大半生都将在这里度过。据母亲讲，所谓的研究所已经缩小到原来的一个研究室，就是几十年前她外婆江帆工作过的那个半球形建筑，除增加了卧室、厨房、健身房外，其他一切设置都没有多大改变。江春蓝加入后，全所共有 17 人，9 男 8 女，其中 7 人未婚。

江春蓝是作为研究所下一任所长人选去的，因此受到同事们的热烈欢迎。他们都知道，不出 5 年，当江春蓝配婚生子、孩子断奶之后，她就会接替母亲江影竹执掌这个全世界最重要的研究所，而江影竹就会退休回家照看孩子。

江春蓝注定要肩挑重担，江影竹对她要求得比谁都严格。除了让她了解研究所的基本戒律之外，还特别告诫她，千万不能对研究所里的男同事动半点感情，任何男女之间的行为都逃不脱电子眼的监视，更逃不脱病毒纪戒律的严惩。

其实江影竹的担忧纯属多余，尽管有两个男生长得相当英俊，但在江春蓝的眼中仅仅是个性别差异而已，因为他们不是高若天。进入工作岗位后，除了日复一日的工作，任何人、任何事都不再可能激起江春蓝的兴趣。而对这份工作，她已经在家里的电脑上模拟了成千上万遍，因此很快就熟悉了，接着就厌倦了。其实，经过几十年的研究，人类已经对 SX 的螺旋结构、每一个基因的构成、基因与基因之间的组接方式等都了如指掌，但就是无法找到破坏它的结构、导致它瓦解的办法。一句话，人类拿 SX 病毒毫无办法。

转眼到了回家的日子，曹践开着他的老奔驰接她们母女来了。一坐上爸爸的车，江春蓝郁闷的心一下子就舒展开来，她说她不想回家，要爸爸带她到妈妈外婆的新婚别墅去看看，好让她找找对付 SX 病毒的灵感。

但江影竹却说，去那里的路已经没有了，她曾经几次想步行去看看都不敢去，据说那里已经成了虎穴狼窝。

曹践接着说："是啊，我们人类已经被限制在一个非常狭小的生存空间里了。这次我们在大囚长官邸开了个全大陆大囚长、中囚长会议，会上对全球人类的生存状况做了通报，现在有人类生存的 5 块大陆中，已经有 3 块大陆人类的生存面积大幅减少，其中北美大陆人口已经从病毒纪之初的 300 万人锐减到 14 万人，我们所在的大陆也不乐观，沿海地区因受海啸灾害人口锐减，到目前已经不到 40 万人口规模。对了，过几天要召开一个全大陆病毒研讨会，各地的病毒研究所都要派专家参加。"

"这我知道，我已经接到通知了，但有什么用呢？不过是一种自我安慰的方式罢了。"江影竹说。

"好啦！你们都别说了，我心烦！"江春蓝使劲拍打着头盔的两侧，拍得头盔嘭嘭作响。

曹践赶忙刹住车，抓住了女儿的左手："傻孩子，你想让 SX 钻进你的头盔里来吗？是不是晕车了？"

"忍一会儿吧宝贝儿，千万不要吐在头盔里，那滋味可不好受呢。"江影竹从后座伸出右手轻轻拍了拍江春蓝的面罩，那感觉就好像已经抚摸到了女儿的脸。

再次回到自家的"囚屋"，江春蓝跟父母一起在过渡室中体味了那难熬的一小时消毒过程。在这期间，江春蓝一言不发，江影竹却在喋喋不休地追问丈夫升任大囚长的可能性。江春蓝听出了母亲的想法，她仍然希望自己的女儿获得自由婚配的权利，也许她是在为万一某天女儿出格后不至于遭受惩罚做准备吧。

呵呵，感谢妈妈，但你的操心是多余的，女儿不可能再爱上别人了。江春蓝这样想着，脱掉蓝色防护衣，走进了幽闭她18年的家。

母亲忙着弄吃的，父亲忙着打扫房间，20多天不住人，房子里多了一股陈腐的霉变气味儿。江春蓝在房间中转悠了一圈，坐到桌前打开电脑。在浏览了那些一成不变的网页后，习惯性地打开了自己的邮箱。

呵呵，居然还有一封未读邮件！她一阵激动，飞快地点开了它：

> 小蓝，今天是你成年的日子，我在这蓝天白云间祝福你，祝你成年！祝你幸福！我会一直看着你，看着你快乐地走下去，你的未来充满阳光，你一定能够在将来的某一天呼吸到自由的空气……

江春蓝一阵狂喜，心里惊呼了一声：高若天！一看发信时间，正是她举行成年礼的日子。晕啦！那天我怎么不去打开电脑？在所里怎么也没想到去打开邮箱？天哪！难道高若天还活着？难道他根本就没有在那次海啸中死去？可是，整整3年了，如果他还活着，他怎么可能不给我捎来片言只语？他怎么能忍心让我一个人苦苦相思？这究竟是怎么回事？

江春蓝就这样反反复复地想了好久，终于有点想通了：不管怎么说，这是一封祝福信，写信的人希望她幸福快乐。还有什么比这更令人快乐的呢？江春蓝连忙向那个地址回了一封长长的信，把她所有的无助和思念都写进去了。

在吃饭的时候，江影竹觉得奇怪，刚才还闷闷不乐的女儿怎么忽然神采飞扬了。"春蓝，遇到什么高兴的事儿了吗？"

江春蓝不回答，只是一个劲儿地望着爸爸妈妈笑，一边笑一边有滋有味地吃着饭。

在家的几天江春蓝一直在等着回信，还继续发了几封邮件过去，可是，直到她离家回到研究所，再没收到任何邮件。

江春蓝一边心不在焉地上班，一边不停地通过办公电脑发信，可始终没有收到高若天的片言只语。她相信那一定是高若天，尽管没有署名，但她已经感觉到高若天的存在了。

终于有一天，从母亲参加的那次病毒研讨会的资料中，江春蓝找到了高若天还在人世的证据。那份资料是沿海某病毒研究所提供的交流材料，其中有这样一段文字："一位不愿透露姓名的年轻专家提出了采用'对话'的方式解决病毒的新观点。他指出，人类在病毒纪以前，采取向自然疯狂掠取的方式求得高速发展的行为，已经把地球生态圈带到了一个危险境地，由此触发了某一确保地球生态持续发展的惩戒系统，这个系统通过病毒的形式告诫并惩罚人类，SX 所转达的信息正好说明了这一事实。因此，我们无法攻克 SX 病毒，我们只能以一种认错的姿态，诚恳地把我们的痛悔、道歉以及今后的保证等转成 DNA 编码，通过嵌接等方式传达给 SX，以求得它的谅解。只有这样，人类才会得到被'赦免'的希望。"

一个不愿透露姓名的年轻专家？他为什么不愿透露姓名？他有什么可隐瞒的？他提出的观点很新颖啊，这是一般人能想到的吗？除了高若天，不会是别人。江春蓝对此深信不疑。

可是，高若天你为什么不回我的信呢？你知不知道，我已经为你死过一回了，我的心早就被你带走了，你不会丢下这个没有灵魂的躯壳不管吧？让我们重新开始好不好？既然你已经找到了解决病毒的方法，就让我们一起并肩战斗，早日实现与 SX 的和解……

江春蓝成天这样想着，也不停地把这些想法通过网络发送出去。虽然得不到回音，但她那颗原本空洞的心总算有了依凭。渐渐地，她开始把高若天的不理不睬看成是对自己的考验，她仿佛看到高若天端坐于他的研究室里，以一副虔诚无比的姿态，正在代表人类向 SX 做着最深刻、最彻底的忏悔。

江春蓝已经不再去考虑能不能得到回音了，她坚信，人类同 SX 的和解之日，就是她与高若天的相见之时。

从此，江春蓝和母亲一起，带领全所研究人员，以高若天的观点为依据，展开了同 SX 的马拉松似的漫长"对话"。可是，SX 好像一直听不懂他们的语言，两年的时间一晃而过，这种对话毫无进展。

转眼间，江春蓝就快到 20 岁了。对于病毒纪女孩来说，20 岁到了，就意味着到婚配机前抽取丈夫的日子到了。

江春蓝害怕过 20 岁生日，她把 20 岁看作她生命中的一道坎儿，跨过它，她的爱情、她的希望、她的幸福都将化为乌有。因此，在临近 20 岁生日的一个月里，她一边拼命给高若天发信，一边绞尽脑汁地去和 SX 对话，她盼望出现奇迹，只有奇迹才能挽救她的爱情。

奇迹居然出现了！

在江春蓝 20 岁生日前夜，一个足以让她高兴得眩晕的消息传到了研究室：曹践当上大囚长啦！

那天晚上，江春蓝抱着母亲喜极而泣，全所人员都向她们表示祝贺，那两个帅小伙还自告奋勇地为她们举办了庆祝晚会。在晚会上，其中长得更帅的那个叫离空的青年，居然置病毒纪的戒律于不顾，大大方方地邀请江春蓝学着病毒纪以前的人们跳舞，江春蓝也不推辞，随着英俊的离空忘情地旋转起来，看上去真像一对幸福的恋人！

江春蓝觉得好幸福，她感到所有的压抑、怨气和沉闷都随飞旋的舞步释放一空，她的身体越来越放松，越来越轻盈，都快飘起来了。离空也觉得自己在一瞬之间抓住了爱情的精灵，抓住了自由的梦想，他仿佛已经牵着他心爱的人儿走进了幸福的殿堂……

晚会持续了很久，一直到江春蓝累得气喘吁吁了，江影竹才宣布结束。她既为丈夫自豪，又为女儿高兴，她都想不出该用什么办法来对这突如其来的好运表达谢意了。

当离空含情脉脉地离开自己时，江春蓝才猛然清醒，搂着她疯狂舞蹈的人不是高若天。她失落地瞪了一眼离空，走到电脑前，把这个来得正是时候的好消息发给了高若天。

那一夜，江春蓝无眠。

第二天一早，曹践在大囚长官邸为江春蓝举行了盛大的生日宴会，所有中囚长、小囚长以及其他各部门的头面人物都到会祝贺，送来的礼物堆满了江春蓝的卧室，这卧室是父亲刚刚安排人为她布置好的。

在宴会上，江春蓝身着一袭白色纱裙，笑意盈盈，俨然古代的一位高贵公主。她一边大方地接受人们的祝福，一边频频地向那些官员敬酒。

当父亲当着众人的面，问她需要他送她一个什么礼物时，她落落大方地说出了她的需要。她说："爸爸，除了高若天，我什么都不要！"

爸爸听懂了她的意思，爽朗一笑说："好，爸爸明天就给你！明天带你飞到高若天的家乡去！"

"爸爸！我的好爸爸！"江春蓝投进父亲的怀抱，开心地哭了。

第 15 章　看海去

　　谁都没有想到，曹践上任后的第一件事，会是带着自己的宝贝女儿去寻找她未曾谋面的恋人。尽管有人提出异议，但曹践却置若罔闻，那分明是在向人们表示：还有什么事情比我女儿的幸福更重要呢？

　　曹践的坐驾已经换成了一辆豪华的大轿车，前面是全副武装的开道车，后面跟着一个由 5 辆车组成的随从车队，浩浩荡荡出发了。

　　江春蓝随父亲坐在宽敞的后座上，感到舒适而又安全。车队从大囚长官邸前的广场出发，穿过一座汉白玉石桥，顺着河滨向西南行进三四千米，就上了机场高速公路。说是高速公路，其实已是徒有虚名，两边杂树丛生、古木参天，繁茂的枝叶空中相接、遮天蔽日，车行其中，恍若钻进了一条没有尽头的隧道。

经过近两小时的颠簸，前面豁然开朗。

"机场到了！"曹践兴奋地拍了拍女儿的肩，"我们下车！"

跨出车门，江春蓝发现自己简直就是站在一个平原上了。"好大啊，我们的祖先太了不起了！"江春蓝叫了起来。

"嘿嘿，更了不起的是那飞机呢。你看，"曹践指着那架已经开始轰鸣的飞机说，"它已经起动了，只需一两个小时，它就会把我们带到千里之外，你就可以见到你的心上人了。"

江春蓝好奇地登上飞机，转身回望，但见机场空旷寂寥，远处的塔楼和塔楼后面的群山显得清冷而悠远，雪花正在无声飘落，簌簌地落在坑坑洼洼的跑道上。

"进去吧，宝贝儿。"曹践把女儿扶进机舱，在头等舱里坐下来。

飞机起飞了，一阵持续的压力把江春蓝紧紧地压在座椅上，压得她有些缓不过气来。江春蓝一阵心慌，赶忙侧身紧紧靠着爸爸厚实的肩膀："爸爸，飞机不会掉下去吧？"

"呵呵，不会的，这比坐什么都安全。"

"可是，我知道它已经飞了近百年了，要不是在病毒纪，它早该退休了。"

"你要相信我们的空勤人员，他们把飞机保养得很好，全球只剩几十架了，他们比宠自己的孩子还宠它呢。"

"我们不能造飞机了吗？"

"不能造了，没有那个能力了。"曹践禁不住叹了口气。

飞机渐渐平稳下来，江春蓝就有心思想高若天了。这些年他过得好吗？他为什么始终不回我的邮件呢？难道他的生活发生了什么意外的变故，或者是已经遇上了让他心仪的姑娘？

"爸爸，我们能见到高若天吗？"江春蓝有些担忧地问。

"能，爸爸已经和那边衔接过了，说有高若天这个人，是滨海大囚病毒研究所的编外人员。"

"什么？编外人员？"

"是这样的，他们说他从那次海啸后就成了孤儿，从此落下个怪脾气，一直拒绝别人领养，18岁时还拒绝接受成年礼，因此至今还未走出过'囚屋'，可他对SX的研究却有超强的天赋，家里的那台电脑就成了他与外界联系的通道。"

"那他怎么生活啊？"

"由食品配送员把生活物品送进他的过渡室里，然后由他自己去取。"

"他的身体情况还好吗？他已经在那该死的'囚屋'里关了23年了！"

"不知道，据他们说，好像还没有人见到过他，谁也不知道他长什么样子。"

天哪，高若天，你受了多少苦？我该怎样去安抚你那颗孤寂的心啊？我们的相见将是一个怎样的情景呢？ 5年了，时间的灰尘会不会把心灵的通道拥塞？生活的落寞会不会把沸腾的热血冷却？我们还分辨得出对方的声音吗？我们能一眼把对方从人群中找出来吗？

江春蓝的心慌乱起来，开始在盼望与害怕之间游离。5年的盼望即将成为现实，连江春蓝自己都弄不清楚，相见的一刹那，自己能不能承受得住那如电击般突如其来的幸福。她同时也很害怕，害怕高若天已经抹掉了5年前的记忆，面对一腔热血的她漠然无视，形同路人。

江春蓝就这样被飞机带到了一个陌生的地方，同样是空旷的机场，同样是清冷的塔楼和迷离的群山，不同的是这里没有雪花飘落。

迎接他们的是当地海滨大囚长的车队。同样穿过一段由密林搭成的隧道，车队的前面豁然开朗。原来车队已经驶上一段海滨公路，左边是乱石嶙峋的低缓山坡，右边是空阔辽远的碧海蓝天。

车队在一座白色的宫殿前停了下来，数十名穿着海蓝色防护衣的仪仗队员在广场上列队而立，向来自内陆的大囚长及其随从举手致意。曹践向他们挥挥手，就在海滨大囚长的带领下走向大门处的过渡室。

"爸爸！"跟在后面的江春蓝叫住了父亲，"我想马上去见高若天！"

"不行！这是在人家的地盘，我们要尊重人家的安排。"曹践没有回头，径自走进过渡室。

江春蓝无奈，只好把见高若天的强烈愿望压在心头，跟着走了进去。

一小时的等待是在隔着透明门看海鸥飞翔中度过的，因此江春蓝觉得时间过得不算太慢。

脱掉防护衣，走进海滨大囚长驻地，来自内陆的人们恍若走进了海底世界，几乎每面墙壁都是用透明的鱼缸装饰，满眼都是五彩缤纷、穿梭游弋的热带鱼，令人眼花缭乱、应接不暇。

江春蓝却没多少心思欣赏眼前的美景，她再次向父亲提出去见高若天的请求，曹践只好把女儿的心事告诉了海滨大囚长。

海滨大囚长身材比曹践矮小，也不如曹践英武，他一听这事，先前满脸的笑容就有所收敛。他略略顿了一下说："我还指望我们成亲家呢，没想到贵千金已经名花有主了，看来我那犬儿没这个福分啊。来，海天，你先带江春蓝小姐去给高若天打电话，等会儿午宴过后你就带她去见他。"

海天身材中等，容貌却不似他的父亲，显得眉目清秀，面对容颜如花的江春蓝，也一点不觉诧异。他径自走到她身边，大方地牵了下她的手说："跟我来，我这里有高若天的电话。"

江春蓝跟着海天走进他的房间，只见他的房间布置得简朴而温馨，全没有大家公子的气派。

"请坐，我先拨通他的电话，你再接。他很怪，一般人的电话不爱接。"

海天说着拨通了电话："喂！高若天吗？我是海天，研究又有什么新进展吗？哦，没关系，我相信你一定行的。对了，你是不是该出山了，让我们这些哥们儿见识见识你的真容吧。什么？难道你不攻克 SX 就一辈子不出来吗？好了好了，先不说这个了，这里有个人要跟你说几句。不是，是一个你的熟人，你们认识。什么？拜托，千万别挂！她就在我身边，我让她跟你说。"

海天把话筒递给江春蓝："来吧，他在等着你呢。"

江春蓝一把抓过话筒，紧紧握在手里，缓缓放到耳边："喂！你……你……是高若天吗？"

"我是高若天，你是谁？"传来的是一个嘶哑而平淡的男声。

"我……我……"江春蓝一阵慌乱，胸脯剧烈地起伏起来。

"请说话，不说话我就挂了。"

"别挂！我是江春蓝！我是那个等着你的生日礼物的江春蓝！"

"什么'蒋蠢烂'？没听说有这样怪的名字。"传来的声音仍然低沉而平淡。

"高若天！我是江春蓝！还记得 5 年前的那个冬天吗？那天是我 15 岁的生日，那天我一个人孤零零地等了你整整一天，等你用电话送我生日礼物，可是……"

"不记得了，所有 5 年前的事情都不记得了。"

"可是，我们原来是那样相爱呀，我们最最盼望的就是有朝一日有相见的那一天呀！今天我来，就是为了见到你，不管发生任何事情我都要见到你！"

"不！我们根本不认识，我不会见你的。"

"高若天！你等着，我马上就去看你！"没等江春蓝说完，高若天已经挂断了电话。

江春蓝已经不能自持，丢下电话就往门外冲。海天赶忙跟出来拉住她："请你冷静，他不会见你的，我了解他的个性，你还是忘掉他吧。"

"不！我要见他！我要马上见到他！"江春蓝一边喊一边冲过大厅冲向过渡室。

正在和海滨大囚长对日益危险的生存环境交换意见的曹践见女儿这个样子，着实吃了一惊。海滨大囚长也赶忙起身向儿子询问情况。等把情况弄清楚后，海滨大囚长大度地说："我看这样吧，海天，你先带江小姐去见高若天，如果可能，就把高若天带来一起用午餐。我倒要看看，这高若天到底是何方神圣？"

高若天住的"囚屋"离大囚长驻地只有十来分钟的车程，向东绕过一个海湾再转过一个海角就到了。这里是另一个海湾，几排"囚屋"依山临海，视野开阔，风光旖旎。

海天把车停到高若天的"囚屋"前，跳下车绕过车头为江春蓝打开了车门："到了，下来吧。"

江春蓝抬脚踏上这片她曾经如此向往的土地，一步一步迈向高若天"囚屋"的大门，迟疑地按响了门铃。

第 16 章 情何堪

门铃响了好久，也不见有开门的动静。

"他是不是因为不想见我，躲到外面去了？"江春蓝回头问海天。

"根本不可能，他没有防护衣，就是有他父母留下的，也早没氧气了，他肯定在这'囚屋'里面。"

听海天这么说，江春蓝离开大门跑到透明窗前。一眼看到一个身材瘦弱的人正背靠着透明窗站着！他头发散乱、长及肩背，上穿一件宽松的灰旧线衣，下穿一条已经发白的牛仔裤，左手无力地垂于身侧，右手吃力地拄着一根齐腰的木棍。

"高若天？这就是高若天吗？"江春蓝痴痴地看了许久，回头询问似的望着海天。

"他不会是别人，他就是你要见的高若天。他一直就是以这样的方式来见我的。"海天不无同情地说。

"若天。"江春蓝终于对着那个麻木的背影发出了积蓄了5年之久的呼喊。这声呼喊，穿越时空、穿透面罩、穿过所有的阻隔呼啸而出，像一道黑色的闪电，直击高若天尘封已久的心扉！

高若天微微颤了几下，随即用力扶住手中的木棍，又稳稳地站住了。

"高若天！高若天！高若天！"江春蓝又连续喊了3声，一边喊一般用力拍打他们之间只隔着一层玻璃的透明窗。

可是，高若天再也没有动一下，像一尊雕塑，了无生气地靠在透明窗上。

"高若天！我是江春蓝啊！你回头看看我啊！"

这次，高若天非但没有回头，反而移动脚步，一瘸一拐地向里屋走去。

"高若天！我爱你！我一直爱着你！"江春蓝再次发出深情的呼喊，希望通过这样的方式来挽留住那个即将消失的背影。

那个背影并没有停下，在江春蓝视线中渐渐远离，直至被那个幽深的门洞吞没。

嗡……江春蓝忽然听到由无数昆虫汇聚的怪鸣在头盔中回荡，突兀而来，渐渐变弱，渐次消失……

等江春蓝醒来的时候，发现自己已经躺在海天的床上了。房内光线柔和，隐隐的乐曲从远处传来，悠扬婉转，犹如天籁。江春蓝感到从未有过的安适，要是能这样躺着，什么也不做，什么也不想，在宁静中物我两忘、天人合一，那该多好啊！

不知过了多久，海天来了，他为她端来一碗燕窝汤。看他心疼的样子，显然他已经把她看成自己的心上人了。"来吧，喝点汤，你很快就会好起来的。等你好了，我带你去看海，我们这里的海可美了，海天一色，辽阔无边。对了，在风平浪静的时候，我还可以带你去划船，和大海蓝天融为一体的感觉那才叫爽呢。我敢说，病毒纪的人没几个这样享受过。咳，你看我光顾说话了，来吧，我扶你起来。"

江春蓝见海天的手向自己的肩膀伸过来了，慌忙避开他，自己坐起来："你走吧，我不饿。去，把我父亲给我叫来。"

海天爱怜地摇摇头，搁下汤碗，转身出去了。

曹践愁容满面地走了进来，见了女儿，努力地笑了一下："你总算醒了，可把爸爸吓坏了。我都没敢给你妈妈打电话，她要知道了，不心疼死才怪。是不是饿了？先把这碗汤喝了，我们都吃过晚饭了。"

"不，爸爸，我不饿，我想回去。"江春蓝楚楚可怜地望着父亲，幽幽地说。

曹践叹了口气，在床边坐了下来，心疼地摸了摸女儿的头说："不吃东西怎么行呢？来，爸爸喂你。"说着端过碗，舀了一勺汤往女儿嘴边送。

江春蓝还是朱唇紧闭，一副要绝食的样子。

"乖，喝！爸爸知道你的心思，你是见了高若天那个样子难过吧？其实高若天也是为你好，他肯定是考虑自己残废了，怕配不上你，才那样绝情的。你还是考虑考虑海天吧，这小伙子相当不错，你和他一起才会幸福。"

"不！我就要高若天，我这就给他打电话，我立即告诉他，我江春蓝这辈子只爱他，哪怕他只剩一口气都要嫁给他！"说着就要去拨电话。

"别幻想了，他已经把电话线拔了，谁也打不进去了。当时看你那个样子，我曾想打电话告诉他，希望他来看你一眼。"

江春蓝以为父亲在骗他，还是拨了电话听不到回音才相信了。

江春蓝闷了好久，突然说："我明白了，高若天一定是要等到和 SX 对话成功后才肯见我，我得马上回去帮他。我们会等到那一天的。"

"这就对了。"曹践笑了，把碗递给江春蓝说，"这下该吃了吧，没有健康的身体，怎么去和 SX 对话呢？今天已经很晚了，明天一早我们就回家，爸爸支持你的想法。"

听曹践这么一说，江春蓝接过碗大口大口地喝起来，几下就把一碗汤喝完了，然后把碗一递，说："我还要！"

第二天一早，曹践一行准备离开。临别前，海滨大囚长向曹践提了个要求，希望他做做女儿的工作，等她想通了，就叫海天去迎娶她。海天也把江春蓝拉到一边，向她诉说了好多缠绵的情话。可江春蓝并没有把海天的话听进去，她向父亲和海滨大囚长提出了再去看看高若天的请求。

海滨大囚长满足了她的愿望，特意安排车队绕道从高若天的"囚屋"前经过。可是，这次江春蓝只看到一个空荡荡的客厅，连那个让她揪心的背影也不见了。

回到 C 市，江春蓝把一切烦忧抛诸脑后，全身心地投入 SX 的研究之中。这期间，海天几乎每周打来电话向她倾诉相思之苦，但不管海天说得多么真切、多么动人，江春蓝总是无动于衷，临了还总是记得提醒他一句，下次别打电话来了，打来我也不会再接。可是，海天也算得个精明人，他每次来电话都会告诉一些关于高若天的信息，这就让江春蓝总是忍不住要接他的电话。

转眼就到了桃花盛开的季节，一年一度的抽婚仪式又到了。

这天，在 C 市中囚长官邸广场东面的抽婚台前，所有几个城市适合婚配的男女青年都聚集一处，等待着那台高台中央的婚配机的裁决。

江春蓝因为父亲的特权没有加入抽婚的队伍中，他随父亲一起，坐在高台中央，作为特邀嘉宾参加了现场观摩，目睹了病毒纪特有的抽婚仪式全过程。

仪式一边进行，父亲一边向她讲述抽婚仪式的来历。

原来，病毒纪开始之初，青年男女仍然沿袭以前的习惯，通过自由恋爱的方式结婚。但是，没过多久，人们就发现，在病毒纪这种特殊的囚居环境下，要想完全依靠自由恋爱结婚根本行不通，好多人连接触异性的机会都没有。再后来，就逐渐发生了一些为得不到异性而自杀，或者为争夺异性而互相残杀的现象。这就逐步引起了各大囚长的关注，最后，在 C 市中囚长的建议下，召开了全大陆婚姻法修订大会。经过多日讨论，一部全新的《病毒纪婚姻法》终于出台。这就有了女满20岁、男满22岁就必须于当年参加抽婚的制度，从根本上解决了婚配不均的问题。当然，这个制度也有弊端，因为为了确保人类繁衍，采用的是女方抽婚、男方被抽，这就导致了个别男性到老都没有被抽到的现象，有许多男性因此而自杀。

"不，爸爸，最大的弊端应该是男女之间在配对之前根本不认识，根本就没有感情，因此造成许多男女无爱一生。"

"是的，我同意。但也有例外，比如我和你妈。"曹践不无得意地说。

"是吗？爸爸，这么说我是你们爱的结晶了？"江春蓝说着在面罩中朝父亲扮了个鬼脸。

"是啊，不然你有那么聪明吗？傻丫头！"

正说着，人们不想看到的一幕还是发生了。只见一个被叫到名字的女孩刚一走出队列就飞快脱掉防护衣，向高台后面的桃林跑去，紧接着，一个已经脱掉防护衣的男孩飞奔而去，很快就追上那女孩，手牵手跑向桃林，眼看就要消失在桃花丛中。这时，一队荷枪实弹的执法者已经举枪瞄准，只等他们一翻上桃林尽头的山梁就会一齐扫射。

看着那一长排黑森森的枪口，曹践的眼中仿佛看到了江春蓝，看到了他的宝贝儿正飘着一头漂亮的长发，向那片娇艳的花丛飞奔，就在她刚要翻过山梁的一瞬间，无数啸叫的子弹蜂拥而至，鲜艳的热血顿时从女儿那充满青春活力的胸部喷涌而出……

"放下枪！"曹践大吼一声。顿时，全场鸦雀无声，所有的目光都集中在他身上。

过了好一阵，主持仪式的中囚长才回过神来，回头询问地看着他的上司。

"我说放下枪，放了他们！"曹践很肯定地重复了一遍。

中囚长这才明白过来，立即大声下令："大囚长有令，放了他们！"

那排举着的枪齐刷刷地放了下去。

接着，又有数十对男女脱掉防护衣，向山后的原野奔去，他们都宁愿以放弃生命为代价换取短暂的相爱。江春蓝当时就想，如果高若天也在其中的话，她也会做出这样的选择的。

眼看逃婚徇情的青年越来越多，中囚长慌忙起身跑到曹践身边："大囚长！快收回成命吧！我们的人口不能再少了啊！再少就连起码的繁衍都不能保证了！快收回成命吧！"

看着那一对对还在毅然逃奔的青年，曹践感到了前所未有的悲哀，难道人类的历史真的就要走到尽头了吗？

"快收回成命吧！快收回成命吧！"其他官员也一齐呼喊起来。

那些自由的身躯不断在眼前晃过，官员们的呼声越来越强烈，那排本已垂下的枪管又重新举了起来……

曹践叹息一声："开枪吧！"

顿时，有好几对青年的躯体冒着汩汩热血，倒在了桃花林里。

过后的好多天里，那个抽婚广场的悲壮场面都还像影子似的缠绕着江春蓝，挥之不去。一直到半年之后，江春蓝才基本静下心来，开始和 SX 对话。

一天，她在对 SX 做常规性监测时，发现个别 SX 已经在它的 DNA 排列上有了明显变异。这个发现让全体研究人员大吃一惊，江影竹立即组织全体人员连夜攻关。经过几天的连续作战，SX 病毒变异的部分终于被破译。原来是 SX 写给人类的一封新的警告信：

杀戮还在继续权谋还在玩弄积重已经难返劫数已然注定

这段畿语似的警告很快传到曹践的官邸，曹践一听，顿时惊出一身冷汗。

第 17 章　裸刑柱

SX 病毒再发警告的消息，不光把曹践惊出一身冷汗，还把所有知晓的人都惊出一身冷汗。

抛开 SX 通过变异告诉人类的信息不谈，单从它的螺旋结构改变这一点来看，就足以让人类难以应对，这意味着人类辛辛苦苦建立起来的隔离系统很可能即将失效。

面对如此严峻的局势，江春蓝不得不借助海天和高若天取得联系。

对江春蓝的求助，海天受宠若惊，他很快把江春蓝他们的发现告诉了高若天。没想到的是，高若天并不给江春蓝直接通话的机会，他只是通过海天转告说，他已经先于他们发现了 SX 的变异，同时对人类的不知悔改和某些人的继续作恶表示愤慨。还说他正在致力于"写信"的研究,他已经基本掌握了 DNA 信的编码方法,现在最大的难题是,怎样才能把编好的"信"跟 SX 病毒进行对接,让它能够顺利解读。

高若天的这些信息,对江春蓝是一种莫大的鼓励,即使没能直接听到他的声音,她也从他的研究进展中看到了他们相聚的希望。她越来越相信,高若天也和她一样,一直在盼望着那一天早日到来。

心中有了目标,江春蓝就很少回父亲那豪华舒适的官邸了。她常常在研究室一待就是几个星期。只是海天的纠缠和离空的殷勤偶尔会给她带来一些不快,这对她的潜心研究多少会产生一些影响。

就这样,寒来暑往,秋去冬来,转眼又到了雪花纷飞的季节。

一门心思研究 SX 的江春蓝连自己的生日都忘了,还是父亲的电话才让她从螺旋结构的缠绕中抽出身来。

这是江春蓝的 21 岁生日,也是她在爸爸的大囚长官邸中过的第二个生日。这生日,比起她的 20 岁生日来,显得更加隆重。除了海天代表他父亲前来祝贺外,曹践还特地邀请了几个中囚长的漂亮公子前来助兴,他希望女儿能从高若天的阴影中走出来，在这些优秀的青年才俊中相中自己的心上人。

庆典从上午 10 点开始，除每个中囚长表达祝贺外，来的那些青年才俊还施展了各自的拿手才艺。他们像鸟类中的雄性般展示了自己漂亮的羽毛，亮出了自己婉转的歌喉，都希望通过自己的一鸣惊人引起这位高傲公主的注意。可是，他们都失望地发现自己失败了。

江春蓝看着这些献媚的表情，看着这些珍稀的礼物，看着这些不无滑稽的表演，心中油然涌起一阵让自己都暗暗吃惊的满足感。我这是怎么了？难道我就安于这样的现状吗？难道我原本就是一个贪图虚荣的人吗？还不等她找出答案，就发现大厅突然安静下来，父亲曹践正在向过渡室走去，边走边说了一句什么话，好像是在说："大家尽情地玩，我去去就回！"

接着就看见父亲穿好防护衣走出透明的过渡室，再接着就看见一队全副武装的执法者冲上来，把刚刚走出大门的父亲团团围住了。

大厅一下子骚乱起来，人们纷纷穿上防护衣，从几个过渡室奔跑而出。江春蓝也赶忙脱下洁白的纱裙，穿上防护衣跟了出去。

等江春蓝挤到执法者列成的人墙边，正好听到那位今天没有到会的中囚长正在大声宣读父亲的罪名：

"曹践，男，现年 45 岁，因觊觎大囚长位置由来已久，故而采取谋杀手段谋害前大囚长村树，致其因飞机失事而亡。病毒纪 70 年 11 月 9 日，曹践乘村树出访之机，指使在机场工作的心腹鱼翅在村树的座机上安放定时炸弹，致使飞机在飞出 C 市 50 千米后发生爆炸，机上包括村树在内的 30 多名高级官员无一幸免。鉴于曹践犯下如此令人发指的滔天罪行，同时引发 SX 的变异，危及整个人类安全，根据《病毒纪刑法》一百三十五条之规定，判处曹践裸刑，立即执行！"

爸爸！江春蓝大叫一声冲过人墙，向被两个执法兵押着的父亲扑去，不想刚一挤出去就被从后面冲来的执法兵钳住了双臂。江春蓝一边拼命挣扎一边冲着父亲大声哭喊："爸爸！这是不是真的啊？爸爸！你怎么会这样啊？"

这时，江影竹已经冲到江春蓝的身边，一边护着女儿，一边冲着刚刚念完判决书的中囚长哀求道："老马，看在你和老曹曾经共事的分上，就让我和老曹说几句话吧。求求你了！"

"不行！到刑场上去说吧，如果狼不来，你可以跟他说上五天五夜。"说着把手一挥，"押走！"

"天哪，你叫我怎样给他说啊？他脱掉防护衣就听不见我的话了啊？"

"春蓝，影竹，你们必须好好活着！活着就有希望……"曹践的话传进母女俩的耳机，话音越来越小，噪声越来越大。

"爸爸！老曹！"母女俩同时呼喊一声，相互搀扶着跟在拥挤的人群后面，向刑场追去。

等她们赶到刑场，曹践已经被扒去防护衣，正在往裸刑柱上绑。

这时，柔和的阳光正好当顶，轻柔的风舒缓地吹着，吹得他那散乱的头发一颤一颤的。曹践看了看天，奇怪，今天怎么没有下雪？在他的记忆中，每年的今天都是会下雪的，因为今天是春蓝的生日。春蓝出生那天下着好大的雪，所以他从此就爱上了雪。但今日无雪。

曹践向拥来的黑压压一片头盔中望去。他看到女儿正抱着江影竹在哭泣。也只能由她们哭了，他再也顾不上她们，他曾经那么处心积虑、那么不择手段地爬到最高位置，都是为了女儿能有一个美好未来，可是，到头来还是一场空……人啊，你何时才能结束这该死的囚居日子？唉，何时才是尽头，人类存在的意义究竟何在，生命存在的意义又是为何？

想到 SX 病毒已经钻进自己的身体，想到自己即将脱离生存的苦难，想到那片黑压压的人群还要在红尘中挣扎，曹践不觉在大笑中潸然泪下！

人群渐渐散开，只剩一队行刑兵在那排裸刑柱前守着。江影竹和江春蓝已经止住了恸哭，她们抬眼望着自己的亲人，见他已经被结结实实地绑在裸刑柱上，就像耶稣受难的样子。只是与耶稣不同的是，耶稣是被钉在十字架上，一派飞翔的姿势，因此是由那些鹰来啄开他的心脏，再把他的灵魂带到天国；而她们的亲人却被完全绑住了手脚，绑得和那根粗壮的裸刑柱浑然一体，因此，他不能飞翔，只能依靠那些此时正躲在暗处的狼来超度他的灵魂，立在他左边的那副白森森的骨架就是他最后的归宿。

江影竹怔怔地看了很久，突然回头对江春蓝说，你好好活着，我跟你爸爸去了。说着就见她向前猛跑几步，抬手呼地按向头盔的开启按钮，一下，两下……

"不，妈妈！"江春蓝痛苦地闭上了眼睛，她知道，当妈妈按下第三下时，妈妈的头盔就会轰然开启，她就会在一瞬间变成孤儿了。

"不！你不能这样！"江春蓝听到一声大吼，就见一个男子扑向妈妈，一下挡开了妈妈伸向按钮的手，紧接着就死死抓住了妈妈的双臂，"阿姨，你不能去啊，春蓝还需要你啊！我们都需要你啊！"

江春蓝已经跑到妈妈的身边，透过那人的面罩，才看清了是海天的脸。原来在曹践出事之后，他一直没有离开，他知道此时的江春蓝需要他的帮助，他已经在曹践出事的那一瞬间看到了重新浮现的希望。他已经在这短短的时间里做好了打算，马上争取父亲同意，等曹践的事结束之后，就把江春蓝立即迎娶回家，让她永远离开这块伤心之地。

曹践也目睹了眼前的惊人一幕，吓得他的喊叫都凝固在张圆的口中没有发出来。当看到海天奋力相救、妻子安然无恙后，大张的嘴巴才慢慢合拢。他知道，海天是爱江春蓝的，他不会丢下她不管，他一定会千方百计娶她的，这样江春蓝就可以幸福地度过一生，他就可以死而瞑目了。

"你们都回去吧！别管我了！我一点都不害怕！我很快乐！你们的幸福就是我的快乐……"曹践冲着妻女喊道。

江影竹虽然听不清楚他喊叫的话，但她心里明白他所表达的意思，于是，远远地向她深爱的丈夫做了个飞吻，然后挥手告别。

江春蓝也举起双臂，做了个和爸爸紧紧拥抱的姿势，然后举起右手，隔着厚厚的手套，做了两下"再见"的动作。

曹践停止了喊叫，平静地看着亲人的背影渐渐远去。

第二天，海天带着哀伤的母女再次来到行刑广场，看到一副骨架直挺挺地立在捆绑曹践的裸刑柱上。

海天尽力安慰着悲伤的母女，他说，他已经征得了父亲的同意，他可以立即把春蓝带到他家，等春蓝平静下来，他们就完婚。

可是，江春蓝没有接受海天的请求，在这样的时候，她不能离开悲痛的妈妈，也不能放弃正在从事的事业。她更不能忘记高若天 —— 那个 15 岁时就撞开她心扉的少年，因为他至今都还在为他们共同的誓言而苦苦奋斗。

海天带着遗憾离开了，但他并不灰心，因为他相信，伤痛过后，她会慢慢爱上他的……

第 18 章　婚配机

抽婚台后的那片桃花又开了，C 市所有还未婚配的适龄青年都接到了参加抽婚仪式的通知单。

此时，江春蓝正拿着这样一份通知单，坐在自家"囚屋"里的透明窗前一筹莫展。通知单写得明确无误，定于农历三月三日到抽婚台抽婚，违者施以裸刑！

通知到手，她就立即给高若天发了邮件，希望他能拿出个好主意，让他们这对有情人免遭拆散之苦。可眼看明天就要登台抽婚，高若天那边还是音信杳无。

而海天这边却追得紧，他一直没有放弃对江春蓝的追求，几乎每隔一个月都要过来看她，送她一些珍贵的礼物。刚才又打电话过来，说他父亲已经和这边的大囚长进行了衔接，只要江春蓝答应嫁给他，她就可以不参加明天的抽婚，还说明天他会提前赶到抽婚台，等着她做最后抉择。好一个精明的海天啊！仿佛一切都在他的掌控之中，仿佛他早已稳操胜券。

可怜的孩子。江影竹把一碗简单的饭菜端到女儿面前："来，吃了晚饭再说，没什么大不了的。"

"不，妈妈，我不饿，你自己吃吧。"

"不吃饭怎么行呢？你看你，这几天都瘦多了，赶快吃一点。"

江春蓝不想让母亲太过担心，只好移过碗，勉强吃起来。

江影竹心疼地开导女儿："唉，你爸爸不在了，我不管你谁管你啊。原来见你和高若天爱得那么深，妈妈真为你们高兴。哪知道高若天那孩子会成这个样子，人也残了，精神也不正常了，不然，在你爸爸还在位的时候，你们早该在一起了。现在看来是不可能了，你们没那机会了。还是面对现实吧，别再沉溺在那虚无缥缈的情感里了……"

"不，妈妈，我知道高若天还在等我，我是他在这个世上唯一爱着的女孩，他也是我唯一爱着的男人，我决不会辜负我们这份爱的！"

"可是，你们这样的爱是不会有任何结果的，非但没结果，还会把双方推向绝望的深渊！难道这是一个病毒纪青年应该有的样子吗？想想我们人类的处境吧，我们没有资格你情我愿，也没有资格儿女情长，儿女情长的资格从我外婆那一代人开始就失去了。我们现在最该做的事只有两件：一是为人类繁衍做贡献，二是尽快攻克 SX 病毒！你完全可以考虑接受海天，走到他的世界里去，平平静静地跟他过，不久你就会发现，那才是你真正想要的幸福与归宿。海天这孩子真不错，不但人品不错，条件又好，这是我们都有目共睹的。这样你也用不着到抽婚机前去碰运气了，你以为你会有妈妈那样好的运气吗？"

"好了，妈妈，你已经说得够多了，能让我静一静吗？"江春蓝丢下才吃了一半的饭碗，来到她的电脑前。

唉，看来我再也得不到高若天的信息了，难道我们的缘分就这样尽了吗？江春蓝恍惚地打开邮箱，不想却有一封新邮件挂在哪里。她心里一颤，慌忙点开了它：

小蓝，请允许我最后一次这样叫你。

看来我们所有的抗争、所有的等待、所有的希望都该结束了，我已经被强制赶出"囚屋"，并接到强制参加明天抽婚的通知。我本来想一死了之，但有两点不能让我瞑目：第一，与 SX 的对话才刚刚开始，我不能放弃；第二，我们相爱一场，但你长什么样子我都不知道，我不甘心。我有点后悔那天过于自尊，过于执拗，竟然没有回头一睹你的芳容。我知道你也面临这样的抉择，我希望你听我一句话，如果你还爱我的话，就一定要去参加明天的抽婚仪式，不为别的，就为今生我们还有见上一面的机会。

邮件就这样戛然而止，没有署名，也没有日期。江春蓝望着这封邮件，呆愣良久。其实，高若天的意思表达得非常清楚：他爱她，但他无奈，为了 SX，为了相见，所以他们都必须活下去，不管接着要面对的生活多么有违自己的意志。

"是啊，宝贝儿，高若天说得多好啊，你既然爱他，就听他的吧。"不知什么时候，江影竹已经站在女儿的身后，看到了高若天的邮件。

"好吧，妈妈，我听他的。"说完这句话，江春蓝一直僵直的身体一下瘫在了椅子上。

"那你还等什么？赶快给海天打电话呀！"

"不，妈妈，我想到现场去体验一下，我不能没有那样的经历。"

"难道你还要去抽婚？"

"不是，只是去体会。"江春蓝说完，就拖着无力的身躯倒在自己的床上，假装睡去了。

　　第二天早晨，江春蓝穿上那件火红的防护衣，在母亲的陪同下早早地来到抽婚广场。

　　广场上已是人山人海，江春蓝按照通知单上的编号找到了自己的方阵。她的方阵号是 28，编号是 1263。

　　江春蓝的周围全是前来抽婚的姐妹，她们穿着五颜六色的防护衣，有的表情麻木，有的喜笑颜开，有的满眼期待。而那些男青年则站在左边的一个大方阵里，黑压压的一大片，比女青年的方阵大得多。

　　上午 8 点，主持人、监督人等鱼贯进入主席台，执法士兵列队到位，抽婚仪式正式开始。

　　在中囚长简单训话之后，那台立于抽婚台中央的婚配机开始旋转，在那个旋转的红色大球内，广场上所有男青年的名字及编号都写在一个个小圆球上了，只等台下的女青年上台一个接一个地把它们拿出来。

　　主持人开始喊号了。1 号新娘登上抽婚台，走到婚配机前，伸手从那个碗口大的圆洞里拿出一个圆球，递给主持人。

"3275 号，恭喜你，请上台领取 1 号新娘！"

3275 号就从人堆里钻出来，欢天喜地地跑上台，牵着 1 号新娘的手到后台登记去了。

"请 2 号新娘上台！" 2 号紧接着就上去了。后面就按顺序一一被叫上台去。被叫到的新娘行动不一，表现各异：有的快步上台，一副迫不及待想牵走新郎的样子；有的步履从容，好像认定自己能抽到一位如意郎君；有的磨磨蹭蹭，看上去极不情愿，像是正在走向万丈深渊……只有那些被抽到的男青年几乎都是一个造型：跑步上台，激动加兴奋，如中大奖！

江春蓝站在自己的方阵中，感觉周围很静，只是偶尔有被点到的姑娘出列，才会引起小小的骚动。确实太滑稽了，抽球定终身，谁也不能说什么，绝对的公平，是不是这就是进入古人所向往的共产主义社会了呢？就在江春蓝神思游离的时候，突然响起一阵清脆的枪声。她抬眼一看，只见一对只穿内衣的男女，正好从高处的山梁上倒下，胸部的血如清泉喷涌，洒在开得正艳的桃花上。又有人徇情了！

江春蓝立即想到高若天，如果高若天此时站在左边的方阵里，她会不会毅然为他徇情呢？答案肯定，毋庸置疑。如果海天也在身边，她会做出怎样的抉择呢？海天怎么没来？他不是说要提前来的吗？算了吧，不来也无所谓，反正我的心已无依凭，任何男人在我眼中都是一个样子了。

"1263 号新娘请上台！"

怎么？没这么快吧？怎么就到我了？江春蓝疑惑地看看左右，左右的姑娘们也疑惑地看着她。怎么就到她了呢？明明才抽到 236 号嘛。

"1263 号新娘请上台！"主持人再次喊了一遍。江春蓝这才慢腾腾地上台，紧张地走向那台张着大口的婚配机。当她正要把手伸进那个虎口似的黑洞时，一只手拉住了她："江春蓝！我抽中你啦！"

江春蓝一惊，一下看清了海天那张清秀的脸："你……"

"祝贺 1263 号新娘，你抽中海滨大囚长的公子海天了！"主持人高声宣布，带头鼓掌，台下响起一阵由掌声、嘘声、吵嚷声汇成的巨大噪声。

海天自信地牵着江春蓝的手，走向后面的登记台。

"不，我不想在这里登记，到你父亲那里去吧。"江春蓝说。

"好吧，听你的。"海天把江春蓝牵下台，牵到一队由大囚长为他们准备的彩车旁。

江春蓝迟疑地站着，难道我就真的这样跟着一个不爱的人过一辈子了吗？苍天啊！怜惜怜惜我这个弱小的女孩吧！怜惜怜惜世间男女的真爱吧！

海天见江春蓝久久不肯上车，赶忙催促说："上去吧，我一辈子都会感激你，感激你终于答应了我，感激你让我如愿以偿。当然，我还得感激我的爸爸，如果他不当上大囚长，如果他不想办法把高若天……"

"什么？高若天？你们把高若天怎么了？"江春蓝刚刚跨上车的左腿一下子收了回来，"是不是你们为了让我死心强行让他去抽婚？"

海天自知说漏了嘴，赶忙矢口否认："我们对高若天什么都没做，参加抽婚都是他自愿的。"

但为时已晚，他越是否认，江春蓝越是相信高若天的无奈都是他们父子一手策划所造成。罢了，对采取卑劣手段达到目的的人是绝对不能原谅的，更不要说与他相伴终身！我宁愿去抽取一个平民，哪怕他平庸无知，甚至相貌丑陋！

江春蓝二话不说，扭头就跑。海天和江影竹赶忙追了上来。

"春蓝！你听我解释！你听我解释！"海天的手已经钳住了江春蓝的胳膊。

"孩子，你怎么能这样？彩车都安排好了，你们马上就要成亲了，海天都是为你好啊，你不能任性啊！"江影竹已经追到女儿身边，着急地劝说。

"放开我！"江春蓝把手一甩，摆脱了海天："你们再过来，我就按开启按钮！"说着就把手放到防护衣的开启按钮上。

海天、江影竹，以及周围的人都愣住了。

只愣了一小会儿，海天就清醒过来，把手一挥，就见四五个大个子冲了上去。

"都退下！"江影竹大喝一声，"谁敢动我的女儿！"江影竹上前一步护住了女儿。

海天见硬的不行，就立马软了下来，乞求说："春蓝，我求求你，跟我走吧，我已经不能没有你了，离了你我会活不下去的。阿姨，你帮我劝劝她吧，我一定好好待她，好好爱她，一辈子都不会亏待她……"

可是，任凭海天把所有的好话说尽，江春蓝都不可能原谅他了，她最后冷冷地说了一句："就算我抽到个傻瓜，也胜过你一千倍，你想娶我，除非等我死了！"

说完，就满不在乎地走进了自己的抽婚方阵。

第 19 章　新婚夜

江春蓝再次登上抽婚台，一步一步走向那台古怪的婚配机，她觉得那个浑圆的红色大球，代表的已经不是喜庆，而是所有病毒纪男女的血色悲剧。

江春蓝在主持人疑惑的目光注视下，把手伸向了那个虎口似的圆洞，她知道，这一次再也不会有人拉住她的胳膊，伸手之间，自己的命运就将与一个陌生的男人捆在一起了。她毫不迟疑，把右手伸进圆洞，随便抓住了一个圆球，那圆球隔了层厚厚的手套捏在手里，木木的，没有一点感觉。这一瞬间，她想到了两个曾经极力阻止她抓住这个圆球的男人，一个是她的父亲，一个是海天，他们都采取了同样低劣的手段，他们都同样没能达到目的。她又想到了高若天，写着他名字的圆球已经被一个陌生的姑娘抓在手中了吗？唉，要是手中的这个圆球是高若天的该多好啊。江春蓝这样想着，把捏在手中的圆球拿了出来，就是你了，不管你模样如何，也不管你聪明笨拙，都是你了。

"1263 号新娘抽中了 737 号，恭喜 737 号新郎！"主持人兴奋地喊起来，好像是他自己被江春蓝抽中了似的。

一个身材略显单薄的青年跑上台来，兴冲冲地跑到江春蓝身边。当透过江春蓝的面罩，看到那张因饱含热泪而更显妩媚动人的脸时，他呆住了，竟然忘了去牵新娘的手。

江春蓝透过那人的面罩，看到的是一张惊愕的娃娃脸，这张脸显得白皙而稚气，眼中充满了惶惑与不安。

"走吧，我们登记去。"江春蓝拉过他的手，牵着他走到登记台前。

登记人是父亲原来的手下，他抬眼看了看眼前的新人，悄声说："江春蓝，恭喜你！"

随即大声说："请男方报上姓名！"

"林间。树林的林，空间的间。"新郎说得很快，像背书似的。

"请女方报上姓名！"

"江春蓝 —— 春来江水绿如蓝，看着写吧。"

"拟定居住地？"

"女方居住地。"江春蓝不容商量地回答。

"好了，你们是合法夫妻了，恭喜你们！"登记人把结婚证递给林间，等林间上前领证时，他压低声音狠狠地丢下一句，"你小子吃到天鹅肉了，你不好好待她，看我不揍扁你！"

吓得林间去接证的手哆嗦了一下。

妈妈江影竹已经站在台下迎接他们，等他们一下抽婚台就送上了作为母亲的美好祝福。当得知他们把新房确定在她家后，她高兴极了，赶忙把女儿女婿让上车，亲自驾车把他们接回家。

回到"囚屋"，已是傍晚时分，江影竹立即着手为女儿女婿布置新房。自从曹践走后，这家里一直死气沉沉、了无生气。她要好好布置一下，要把整个"囚屋"弄得喜气洋洋的，要把半年来的晦气一扫而光。

脱下防护衣的林间看上去身材高挑，称不上强壮但却充满了活力。作为这个家庭的新成员，他虽然腼腆但不乏主动。他见布置新房的事插不上手，就一头扎进厨房忙碌起来，他想弄出一桌好饭菜来让他们的新婚生活有个好的开端，他知道这是他的强项，他有这个能力。

晚上 8 点，一切准备就绪，江影竹宣布婚礼开始。

江春蓝已经在母亲的拾掇下摇身变成了一只白天鹅：饱满的圆脸略施粉黛，红唇微抿，鼻梁挺直，眼眸幽深，云鬟高挽，一袭白纱长裙薄如蝉翼，把婀娜的身姿衬得楚楚动人，一朵娇艳的玫瑰点染前胸，更把新娘装扮得美若天仙！

林间也一身西装革履，胸佩红花，一副精神饱满的新郎官打扮，看到从里屋闪亮登场的新娘如此美丽，他眼睛都直了。

接下来就由江影竹客串司仪，为他们举行了一个古老的拜堂仪式。

拜完堂，江春蓝就想，我马上就要和眼前这个才刚刚认识的人同房生子了，我要为人类的繁衍贡献我的青春了。唉，高若天也拜完堂了吗？他的新娘子漂亮吗？

喝罢喜酒，吃罢喜宴，江春蓝和林间被母亲推进了洞房。

这是家里最大的房间，原来是母亲和父亲的卧室。从母亲抽到父亲的那一天起，他们就以此为新房，在这里生息繁衍，让江春蓝呱呱坠地。如果从母亲一直追溯回去，这里还做过外婆以及外婆的母亲的新房，她们也曾在这里辛勤耕耘、传宗接代。也就是说，从我们的祖宗江帆开始，到我们这里已历四代，而我们这四代人中，只有我们的祖宗江帆享受过短暂的爱情，余下都与爱情无缘，也不知还有几多无爱的故事要在这里上演下去。

这个房间没有窗，只在对门的墙上有一个小圆洞，这就是那个装有杀毒射线光栅的通气孔。现在，这个空气沉闷的房间，已经被母亲用大红喜字和各色彩条装点得"春意"盎然，人在其中，自然而然就会涌起一股原始冲动。

江春蓝静静地坐在床沿上，那双好看的大眼睛望着对面空中的某一点，长长的睫毛偶尔眨巴一下，一声叹息，随即回眸林间，投去幽幽的一瞥。

这叹息，这幽幽一瞥，仿若一种暗示，唤醒了林间……青春开始燃烧……

急促的风暴很快过去，一直萦绕于江春蓝耳际的喘息也渐渐平息。江春蓝感到有一丝痛隐隐地传来，仿佛来自一个幽深而古老的峡谷。她慢慢睁开眼睛，在她的旁边，林间正像一个做错事的小孩儿似的在那里跪着，赤裸的胸膛肌肉不多，但还算光洁。见江春蓝睁眼看他，他慌忙深深地低下了头，很痛心地说："对不起，我不该那样……"

"好了，你没有错，躺下来吧，我们说说话。"

林间就像一个刚刚得到大人原谅的小孩儿似的，有些迟疑地在江春蓝的身边躺下来，但有意与江春蓝的身体保持了一点距离，他有些怕碰到她。

"把被子盖上，靠近我，我冷。"

林间就把被子拉过来盖上，同时往江春蓝的身子靠了靠说："这样行吗？"

"好了，现在告诉我，你是干什么的？"

"我在电厂工作，是个线路抢修工。"

"是那个水电厂吗？"

"是的。就是小河下游与楚江交汇处的那个。"

"那工作有些危险啊，你得注意安全。"

"我知道，我会珍惜生命的，特别是在今晚之后。"

"你喜欢我吗？"

"喜欢，是那种怎么说都不过分的喜欢。"

"你爱过女人吗？"

"原来没有，现在爱了。"

"你懂什么叫爱吗？"

"还不怎么懂，你以后教教我，我肯定能学会的。"

江春蓝被他的憨劲儿逗乐了，忍不住笑出了声："好了，不说了，我们是亲人了，搂着我，睡吧。"

两年后，江浩呱呱坠地，寂静的"囚屋"里从此充满了生气。

4年后，江浩两岁，江影竹退休教养孩子，江春蓝接替了母亲的所长职务。

5年后，江春蓝又生下一个女孩儿，取名江渺。

第20章 第五天

林间住进"疗养院"后的"第五天"终于来临。

早晨，等江春蓝刚刚照顾孩子们吃完早餐，"疗养院"的电话就打过来，是那位女院长亲自打来的，她询问江春蓝是否还要见丈夫最后一面，如果要去就快一点，他们好安排，怕到时候来不及。

江春蓝赶忙吩咐孩子们在家好好等着爸爸的电话，自己略略地化了下妆，就开车带着母亲向"疗养院"赶去。

C市"疗养院"坐落在嫣然山北坡脚下，正好在病毒研究所的山背面。她们的车向西绕过一条盘山公路，再顺着山往东一拐就到了。说它是"疗养院"，其实就是C市所有感染SX病毒的人最后5天的安身之所，他们可以在这里尽情享受人生乐趣，然后在第五天病毒发作时无憾地死去。

江春蓝的车在"疗养院"的工作区停了下来。院长亲自出迎，以示对这位著名病毒研究专家的尊重。

江春蓝刚一下车，女院长就迎上前，向江春蓝和江影竹点头示意……"对了，征求一下你们的意见，现在是上午9点20分，林间感染病毒的时间是上午11点15分，离他最后时刻还有接近两个小时，你们是先浏览他这几天的生活录像呢，还是先去看看他的实际生活情况？"

"还是先去看看他吧。"江春蓝幽幽地说。

"好吧，你们跟我来。"说罢，院长就带着他们向生活区走去。路上，院长向江春蓝介绍了病人最后时刻的处理流程：倒计时1小时30分，病人被带离生活区到食堂用最后一餐；倒计时1小时，病人被带到告别间与家人现场告别或电话告别；倒计时30分，病人被带往"通天塔"做超度仪式；倒计时15分钟，向病人注射安静剂；倒计时结束，对病人做死亡确认，宣布死亡；最后，尸体进入焚化炉销毁，送病人亡灵升天。

一副女厂长形象的院长像背产品加工工序似的说出了死亡处理流程，这让江春蓝听得有些起鸡皮疙瘩，她不禁咕哝了句："想不到你们把死亡的过程做得那么精确。"

"这都是因为 SX，它把发作的时间定得非常精确，才导致了我们产生这个流程。当然，也有做得不精确的时候，那是由病人感染的时间记录不准造成的。有的一切程序都做完了还没有死，有的还没有做完超度就提前死了，有的更吓人，死在病人生活区，严重影响了其他病人的生存质量。当然，近两年来，我们提高了服务质量，类似事件的发生率已经降低了 37%。"

"难得啊！"江影竹不得不附和越说越有兴致的女院长，有些违心地赞叹了一句。

"呵呵，干一行精一行嘛。看，我们已经到了。"

江春蓝这才发现她们已经穿过了长廊，来到一片开满鲜花的园子里。透过横在她们前面的一道两三米高的铁栅栏，可以看见对面的小桥边、亭子里、山坡上以及树荫下，到处都是成双成对地聚在一起的男女，他们不分老少，也不论美丑，都在开开心心地说笑着、嬉戏着、依偎着、拥抱着……

江春蓝极目望去，尽力寻找林间的身影，她想好好地看看，她的丈夫在这人生最后时刻是怎么生活的，他是不是如院长所说的那样快乐。

　　终于，她看到了林间。看见林间正追着一个娇小的女孩向这边跑过来，追得那女孩一边跑一边咯咯地笑。眼看就要追上了，那女孩却在一棵树后机灵地一绕，就把有些喘气的林间甩开了。林间干脆不追了，一闪身倒在旁边的花丛中。那花丛有大半人高，人一倒下去就看不见了。那女孩不见后面有动静，就转过身来找林间，等她探头探脑地走近花丛，不想一下就被一跃而起的林间扑倒了……

　　江春蓝顿时感到呼吸急促，血流加速，一下就把那张仍然年轻的脸涨得通红。

　　院长从江春蓝的面罩中看出了她的变化，赶忙若无其事地说，他们就这个样子，充分享受自由，充分享受生活，这都是SX给他们的权利。

　　大约十分钟后，林间和那女孩满脸兴奋地出来了。他们轻盈地跳出花丛，拉着手跑到开满莲花的小湖边，他们用沁满荷叶清香的清水洗了洗脸，随即就玩起了水仗。不一会儿，他们显然是玩累了，就在湖边树荫下的情侣椅上坐下来，幸福地依偎着，嘴里不停地呢喃，仿佛有说不完的情话。

　　好一派恩爱的景象啊，想不到人间还有如此自由、如此完美、如此毫无遗憾的爱情。而这一切，正是江春蓝这样的健康人梦寐以求却求之不得的。祝福你，我的亲人！祝福你，可爱的女孩！

就在江春蓝为她丈夫默默祝福的时候，两名穿着防护衣手拿电棍的工作人员走到了林间身边，把林间从情侣椅上请了起来。林间好像已经明白了请他起来的含义，他指了指工作人员，又指了指那个仍然笑吟吟的女孩，然后紧紧地抱住了她。那女孩也知道是怎么回事了，迎着林间的嘴唇就是一阵动情的长吻。旁边的工作人员不停地看着防护衣上的电子计时器，终于，他们不得不把两个忘情热吻的男女生生分开，把男的带走了。林间留恋地看了女孩最后一眼，就头也不回地离去，只留下女孩痴迷地站在那里发呆。

"她爱上他了。"院长淡淡地说。

"我们该到告别室去了吧？"江春蓝问。

"对，我们这就去。他们把他带去用最后一餐了，用完餐，他们就会把他带过来。来吧，跟我来。"

院长说着带着她们从另一条长廊绕进了告别室。

这是一个特殊的房间，四周的墙壁都被涂成深蓝色，中间有一道同样是蓝色的栅栏从地到顶地把房间一分为二。江春蓝他们进去的这一半与办公区相连，有一排软椅，可供告别的亲人在此休息。而对面的那一半与"通天塔"相连,没有椅子,只有一个告别台,台上安放着一部电话。

倒计时 1 小时,林间被执行者从告别室对面的侧门带入,他一眼就看见了坐在栅栏对面椅子上的江春蓝和江影竹。

"春蓝!妈妈!"他喊了两声,有些踉跄地奔到告别台旁,一双大手伸过了栅栏。

江春蓝看到林间进来就张了两次嘴,知道他是在叫她们。母女俩连忙站起来,奔到栅栏前抓住了林间的大手。

江春蓝与林间隔着栅栏、隔着江春蓝的面罩,四目相对,一时无语。

江春蓝突然觉得这人世好静啊,静得连心跳和呼吸都已然消失。

快用电话!江影竹指指电话,示意林间拿起话筒。

林间领会了岳母的意思,一下抓起话筒放到嘴边,一时却不知从何说起。

"快说呀!"江影竹再次示意他。

这下林间听到了岳母的话,就对着话筒说起来:"妈妈,春蓝，你们来了。"

"嗯，我们来了。你在这里过得还好吧？"江春蓝问。

"好，我过得好。对了，有3个女孩爱上我了，你不介意吧？"

"我不介意，我都看见了，看见你和其中一个过得很快乐。"

"我也爱她，我们非常相爱，只是时间太短了，我们还没有爱够。"

"你懂得什么是爱了吧？知道被爱和爱的滋味了吧？"

"懂了，也知道了，我也感受到你和高若天之间相爱的幸福和痛苦了。"

"这就好，你可以无憾地走了。"

"可是，我还是放心不下你，放心不下妈妈和两个孩子。"

"你尽管放心，我们都会很好地活下去的，我们和SX和解的任务还没有完成，我们要让所有人都过上你们在这里所过的日子。"

"我相信你能够办到的，你是我一生的骄傲。"

"好了，你赶快给家里打个电话吧，孩子们还在等着你的电话呢。"

"好的，我马上打过去。"

林间说着就接通了家里的电话，最先是江渺接的，一听到女儿甜甜的声音他就幸福地笑了。他对女儿说，爸爸要到很远的地方去了，要好久好久才能回家，在爸爸离开的日子要听妈妈和外婆的话，好好学习，争取长大后接好妈妈的班。临到最后，他竟有些哽咽地说，渺渺，爸爸爱你，爸爸到那边也会想你的。接着，他叫江渺把电话交给哥哥，他对江浩说，不要哭，男子汉不要轻易浪费自己的眼泪，你要好好帮妈妈挑起生活的担子，要照顾好妹妹，爸爸相信你一定会成为一个真正的男子汉。说完这一句，林间毅然挂断电话，因为他已经哽咽得说不出话来，他不想让儿子听到他的哭声。

和妻子永别的时候到了，林间强忍着要往下流的眼泪，看着早已泪流满面的妻子，深情地说："春蓝，你还记得你把我抽中的那个日子吗？你还记得我们的新婚之夜吗？你还记得我对你……"

"记得，所有的情景都还记得。"

"你恨我吗？"

"不恨，一直都没有恨过。"

"你爱过我吗？"

"爱过，像爱亲人那样爱你，像爱我们的孩子那样爱你。"

说完这句话，江春蓝再也经受不住这残酷的生离死别，放开握住林间的手，瘫倒在母亲的怀里了。

"春 —— 蓝 ——！我 —— 爱 —— 你 ——！"林间仰头一阵哀狼般的嗥叫，就转身向铺满光辉的"通天塔"走去……

第 21 章　再回首

随着时间的流逝，林间站在通往"通天塔"的电梯上，带着不舍的眼神缓缓消失的情景渐渐在江春蓝的心中淡去。那段从她结婚以来就一直被压抑的恋情逐渐在她内心苏醒过来。

终于有一天，江春蓝忍不住向高若天的邮箱发了封邮件，向他发去了礼节性的问候。

可是，她等了一周，也不见高若天的回复。她又接二连三发了几封，还是没有等到高若天的片言只语。难道高若天的邮箱变了，或者是他出了什么变故，抑或是他已经不在人世了？

江春蓝心升一种不祥的预感。最后，她直接拨通了高若天家里的电话。接电话的却是一个陌生男人的声音，他说他不是高若天，他根本就不知道高若天这个人。江春蓝愣住了。难道高若天真的已经离开人世？难道他们之间那段刻骨铭心的苦恋就那么不明不白地画上句号了？老天啊，我们连对方的模样都还不知道啊！

江春蓝后悔了，后悔当初不该为了强迫自己和林间过上安稳日子，而一股脑儿地更换了邮箱和电话号码。不然，高若天肯定会在她每年生日时给她发来祝福的，他们之间就不至于失去联系了。时间过得真快，11年的光阴转瞬而过。想当初，江春蓝还是一个20岁出头的姑娘，到如今，却已经是两个孩子的母亲，岁月的沧桑也悄悄爬上了鬓角。

江春蓝还是不甘心，她必须知道高若天的下落，不然，她觉得自己苟活于世已无意义。江春蓝以研究所的名义向高若天原来的研究所发了函，要求他们交流SX的研究现状以及高若天的研究进展情况。得到的回复是，高若天于11年前就与研究所脱离了关系，去向不明。

最后，江春蓝为了解开令她寝食难安的心结，不得不拨通了她最不愿意见到的人的电话。海天一听到江春蓝的声音就满心兴奋，先是噼里啪啦地问了一通江春蓝的情况，接着不等江春蓝一一作答就开始描述自己的安适生活，随后就提到江春蓝的那次逃婚，说这是他此生的唯一遗憾，他的人生因此显得并不完满，尽管先后娶了5个天生丽质的妻子，但都不曾达到对江春蓝的那种动心程度。还说，如果江春蓝愿意，他现在都可以把其他几个妻子通通休掉，立即把她娶过去。后来，当他知道江春蓝是为了打听高若天的消息才给他打电话时，兴奋的腔调一下子降了八度，只是冷冷地回了"不知道"，就挂断了电话。

江春蓝彻底绝望了，她不得不在心里悄悄和高若天说再见了：永别了，若天！我们只有等来世再相见了。

一转眼过去了 8 年，又是一个冬天，到了那个最能引发江春蓝思念的季节。这一年雪下得早，才刚刚入冬就把 C 市装扮成一个银色的冰雪世界。

江春蓝的生日又到了，这是她的 40 岁生日。这天，正值江春蓝月休，年迈的母亲决定给她大办一场，好好庆贺。

其实江影竹所说的大办不外乎是多弄几个菜，请几个江春蓝单位的朋友来一起热闹热闹。江影竹的身体已经出现了一些毛病，也不知道这样的热闹场面还能经历几回。曹践已经离开整整 19 年了，当年江影竹比现在的江春蓝大不了多少，没想到这么快就迈入了暮年。

要说这些年来，江春蓝也没有多少值得庆贺的，在林间死后，她本指望依靠与高若天的爱恋支撑起对生活的信念，可高若天的神秘消失给她的精神带来了致命打击。她对人世已经没有多少眷恋，要不是看在那对幼小儿女的分上，可能她早就想办法寻求解脱了。

江春蓝的朋友们来了，一共来了五六个，把个小屋挤得满满的。其中那个曾经追过江春蓝的离空也来了，他有意没把自己的丑妻子带来。他对江春蓝的柔情至今不减，因此在林间死后给了江春蓝很多帮助，可江春蓝并不理会，让天天与她共事的离空遭受了很多煎熬。

宴会开始，江春蓝一家和客人们围坐在透明窗前。离空打开自己送给江春蓝的生日蛋糕，亲自点上生日蜡烛，带头唱起了生日歌。

歌毕，江春蓝许愿吹灭生日蜡烛，离空突然提出想抱抱她，以此表达他最真最深的祝福。

众人都愣住了，一齐把目光集中在江春蓝还沉溺于虔诚之中的脸上。

17 岁的江浩和 14 岁的江渺已经懂得拥抱的含义，他们都紧张地看着自己的妈妈。

江春蓝什么话也没说，默默转身，向身边的离空缓缓张开了双臂。离空迟疑了一下，就猛然把他爱慕多年的女人紧紧地抱在怀里。

人们都静静地看着他们，谁也没有说话，窗外大片大片的雪花簌簌飘落。

离空终于满意地放开江春蓝，那张轮廓分明的脸上已经淌满了幸福的泪水。

"谢谢！谢谢！我离空此生已经足矣。"说罢端起酒杯向江春蓝一举，"来吧！我们一起来祝福江所长，祝福她永远幸福，永远年轻，天天开心！"

众人纷纷向江春蓝敬酒，说了好多祝福的话。

几杯酒下肚，离空道出了他的心里话。他说，他今天提出抱江所长并没有其他意思，只是临时冒出的一个强烈愿望，因为他太爱江所长，但又注定不会有结果，如果不抓住这次几乎是此生唯一的机会，他就永远只有后悔的份儿了，难道还敢在工作场所抱她不成，所以就有了今天这个唐突的举动，敬请大家原谅。当然，他最要感激的还是江所长，因为她以博大的爱让他实现了自己猥琐的愿望。

江春蓝又何尝不是这样想的呢？与高若天的失之交臂已经让她遗恨终生，难道她就不能让深爱自己的离空少留一些遗憾吗？

江春蓝还是没能忘掉高若天，没能忘掉那个掠走了她的全部思念的男人。那天晚上，在离空带着幸福的满足告别之后，江春蓝再一次落入 25 年前等待高若天生日礼物的那个陷阱里。

在母亲和孩子们都熟睡后，她一个人还在透明窗前默坐了很久。她想到了 25 年前的那次绝食，想到了 20 年前父亲当上大囚长时带给她的希望，想到了那次抽婚时的绝望，想到了 8 年来的心灰意懒……她觉得自己已经没什么值得留恋的了，再过两年，等江浩举行成人礼之后，她就可以放下心来说走就走了。

江春蓝累了，起身走进卧室，她要好好睡上一觉。可躺在床上，满脑子盘旋着的，还是高若天的声音和那个长发散乱齐肩的背影。不行！我必须对他倾诉，必须把我所有的思念完完全全地倒给他。江春蓝爬起来，披衣坐到电脑前，打开了自己的邮箱。

啊，居然有一封新邮件，离空也太多情了，我不是已经满足你的愿望了吗？还那么缠绵干吗？这对你只能是没完没了的自伤啊！

江春蓝叹了口气，轻轻地点开了它，竟然是个长篇大论，她漫不经心地拖动鼠标，草草地浏览了起来，当她看到末尾的署名时，弓着的身子突然一抖：若天！是若天！若天居然还在世上！

她赶忙拖回信首一字不漏地读起来：

江春蓝：请原谅我这样直呼你的姓名，因为我已暂时找不回对你亲昵的那种感觉。

我知道你应该是40岁了，首先祝你生日快乐、万事如意！

你知道我为什么没能在25年前的那个早晨，把许诺送你的生日礼物送给你吗？现在告诉你吧，那天正是我一生中最痛苦最无助的日子，我的父母在地震带来的海啸中双双遇难！他们把父母的遗体推到透明窗前和我告别，那悲恸的场面至今历历在目。他们除了看着我不让我出去自杀以外，谁也帮不了我，我只有一个人在"囚屋"里哭啊哭啊，直哭得天昏地暗、精神恍惚。我绝了一段时间的食，断绝了与外界的联系，我想就这样让自己慢慢死去。可是，父母留下的一件遗物却让我打消了死的念头。那是一件蝶形玉佩，上刻一条腾飞的蛟龙，和那玉佩放在一起的，是一张纸张发黄、字迹模糊的手稿，手稿署名高风，他是我父亲的爷爷，他写的是一段家谕，要求他的后代必须代代相传，终身从事SX病毒的研究，直到攻克病毒的那一天，带着玉佩去寻找一个同样持有蝶形玉佩的人，那个人就可能是他妻子江帆的后代。我不敢违背祖训，也听说过先祖的遭遇，因此我选择了活。但此时我才发现，因为过度悲伤，我的右腿开始麻木，随后就落下了残疾。

后来，我也想过和你联系，但看到自己的身体状况就打消了这个念头，只是在你 18 岁成年礼那天，还是忍不住向你发去了祝福，还有就是你我抽婚那次，我怕你经受不住那种打击。我的脾气在失去亲人的伤痛和爱的煎熬中越来越怪，怪到了连自己都不认识的地步。我内心只剩一个信念，早日攻克 SX 病毒，早日实现祖辈的凤愿，然后，在可能的情况下，和你见上一面。

江春蓝，你可能还是想问我，在 25 年前向你许诺的生日礼物究竟是什么？你已经在邮件中问过好多次了。其实我完全可以告诉你的，但遗憾的是，我已经记不得我要送你什么了，真的，我绝对没有骗你，我也不知道这是怎么回事。

后来发生的事情一言难尽，让我在电脑前不停地敲上几天也诉说不完。我累了，不想说了，我常常感到累得不行，我觉得留给我与 SX 对话的时间越来越少。特别是这次重返研究所后，我突然对 SX 有了新的认识，我觉得它是代表某种"规则"来惩罚人类的，类似前人科幻作品中所讲的"规则武器"，在我们人类没有彻底反省以前，我们不可能对这种"规则"做任何改变——我们几乎不可能在实验室中达到目的，我们要从人类的意识深处去寻找解决问题的根源。

对了，3天后，我将随我们所的研究人员到你们的大囚区做学术交流，第一站就到达你的城市，到时候我们就可以正式见面了。我们不是都还不知道对方的模样吗？我可有言在先，到时候可别把你吓坏了……

第 22 章 　玉蝴蝶

江春蓝读着高若天的邮件，一种由失落、痛楚、震惊和狂喜交织而成的情感同时攫住了她的心。

最让江春蓝震惊不已的是，高若天居然是高风的后代！他父亲的爷爷高风和她母亲的外婆江帆竟然是一对被病毒拆散的恩爱夫妻！而她和高若天之间的恋情竟鬼使神差地成了他们爱情的延续！这一切真是太离奇了！

江春蓝不得不重新审视她和高若天之间的恋情了，他们之间原本偶然单纯的感情眨眼之间就背负了祖先情感的重负，摇身变成了隔世离空的旷世奇缘。老天啊，这是有意的撮合与补偿，还是无意的捉弄与巧合？江春蓝，你怎么承受得起这份延续了四代人的感情啊？

江春蓝不知所措，她赶忙把江影竹从她房间叫起来："妈妈，快来看！我们家族的谜团破解了！"

江影竹被女儿从睡梦中惊醒，披着棉衣来到女儿身边，当她知道江春蓝苦恋多年的高若天竟是高风的后代时，激动得连话都说不出来了。她急忙转身回到自己的卧室，从衣柜的最底层颤巍巍地捧出一个小首饰盒，抱到江春蓝的电脑桌上。

"妈妈，这就是那个装玉佩的盒子吗？"

"是的，它已经很旧了，是我妈妈江颜临终前传给我的，打开它吧。"

这原本是一个玫瑰色天鹅绒面儿的心形首饰盒，但时间已经把它变成了暗红色，棱角被磨得光秃秃的，已经看不见多少绒毛。江春蓝像是即将偷窥到别人隐秘似的，心里咚咚直跳。她那伸向盒子的手不住地抖着，好容易才拿起盒子打开了它。霎时，仿佛有一股耀眼的绿光射出，让江春蓝的双眼失明了那么一瞬。不过很快，她就看见那一只翡翠玉蝴蝶安详地躺在盒子里。她小心翼翼地把它取出，让它平躺在自己的手心上。手感不错，温润而柔滑，有一种说不出的亲切感。在那蝴蝶的头部，有一个圆润的小孔，孔中穿着一根已经褪色的细丝绳，在蝴蝶的双翅上，竖刻着两行歪歪斜斜的小字：人类自由，龙凤聚首。

"这是什么意思啊?"江春蓝不解地问。

"这是我外婆江帆在临终前刻上去的,她的意思是要我们继承她的遗志,最终战胜 SX 病毒,让人类重新获得自由,然后找到刻有龙的玉佩的传承者,让两边的后代重逢,以告慰他们被活活拆散的在天之灵。你翻面儿看看,看看那只孤零零的凤吧。"

江春蓝翻转蝴蝶,果然见一只栩栩如生的凤展翅长鸣,像是在呼唤她那离散多年的伙伴。

"确实太可怜了。"江春蓝叹息一声,像是在说那凤,又像是在说自己,说着就小心翼翼地让它重新躺回盒子里。

"唉,总算知道它的同伴在哪里了。"江影竹感慨地说,"等高若天来了,你们一定要好好聊聊啊,都这么多年了,太难为你们了。对了,记住把他带到家里来,让我好好问问他爸爸的爷爷的情况。"

"好的,妈妈。可是……在知道真相后,我反而有些不知所措,甚至怕见到他了。"

"傻孩子,你怎么会这样想,这可能是上苍的安排,说不定我们的苦日子就要到头了,也许你们真的能走到一块儿呢。"

"妈妈!江春蓝的脸一下子红了,没想到尘封了多年的心又被母亲说动了。"

"别不好意思，你的心思我比谁都懂，妈妈真的希望你们走到一块去。对了，这次你一定要抓住机会，找借口让他来我们家，妈妈为你们安排，一切都由我来担待，这也算是借你们俩为我们的老祖宗了却心愿。你懂我的意思了吗？"

江春蓝的脸更红了，也不再说反对的话，要是真能按母亲说的那样，她是完全会任其发生的，哪怕为此付出生命的代价也在所不惜。江春蓝那颗本已沉寂的心怦怦跳了好久，才慢慢平静下来。

"妈妈，那我现在就把我们这边的情况告诉高若天，让他不至于感到突然。"江春蓝放下盒子就要去发邮件。

"还是先别告诉他的好。"江影竹说，"我怕他一时调整不过来，影响这次来访。再说，他那玉佩也不会带来，因为还没有到它们重逢的时候。"

"好吧，妈妈，我听你的，你去睡吧。"

"嗯，你也睡会儿，天都快亮了，明天还要上班呢。对了，这盒子还得由我保管，到时候我自然会传给你的。"江影竹拿起盒子，爱怜地看了女儿一眼，回到自己的房间去了。

江春蓝哪里还睡得着，她在电脑前反复读着高若天的信，一直看到天亮，仿佛字里行间隐藏着好多秘密似的。

第二天上午，江春蓝在研究所接到了中囚长打来的电话，通知她后天上午海滨大囚病毒研究所一行 5 人要到 C 市研究所做学术交流，为期两天，要她做好接待准备。这电话无疑让江春蓝吃了个定心丸，也让她的心又怦怦乱跳了好一阵。

接下来的一天多时间，江春蓝一边安排手下打扫卫生、布置会场，一边亲自整理近年来的研究成果，她得为高若天准备点"见面礼"啊。

一天多时间在忙碌中很快过去，江春蓝再次度过了一个不眠之夜。

这一天终于来了。江春蓝第一个走出集体宿舍，早早来到研究大厅对筹备情况做最后确认，这可是江春蓝担任所长以来第一次承担如此重大的交流活动，她不敢有半点懈怠。

欢迎标语？悬挂好了。

档案资料？摆放齐整了。

研究设备？擦拭一新了。

交流材料？校对无误了。

上午 9 点 50 分，江春蓝带领全所 17 名研究人员，身着统一的红色防护衣，站在研究大楼前的小广场上列队迎接来访客人。

10 点整，一辆迎宾车驶过来，在广场口缓缓停下。5 名身着蓝色防护衣的客人鱼贯下车，迈着有力的步伐走过来。

"欢迎光临。"江春蓝一边带头欢迎同行们的到来，一边打量着 5 名来访者，三高两矮，年龄在 30 岁到 50 岁之间。她特别注意看他们走路的姿势，不对啊，怎么都走得那么矫健有力？高若天明明是有残疾的啊，高若天自己也说了，何况她还亲自从后面看到过。难道这里面没有高若天？不可能，他明明说了要来的。难道他的腿已经治好了？有这可能，当时看上去就不太严重。那么，哪一个是高若天呢？是那个眉目清秀的呢，还是那个面廓方正、棱角分明的？肯定是那后者，你看他走路的姿势好像有点不对称。对了，肯定是他。

猜测间，客人们已来到面前，江春蓝连忙侧身跑到隔离室的大门前欠身做了个请的手势。

主客一行 20 多人都挤在一个大隔离室里。趁那一小时的消毒过程，江春蓝先向客人们介绍了全所人员的名字和职务。在她介绍的时候，她注意到那个她认为可能是高若天的人一直在审视着她，这让她心神不宁，介绍过程也有些丢三落四。等她红着脸介绍完，那个审视她的人开始逐一介绍他方的人员。果然，前面 4 个都不是高若天。只剩下他了，江春蓝的心绷了起来，有些害怕地看着他将要开启的口型。可他却像故意耍江春蓝似的，迟迟没有开口。

还是在本方人员的提示下，他才随意地说了出来："山涛，42 岁，海滨病毒研究所副所长。"

"什么？你不是高若天？"江春蓝脱口而出。

"你是问我们的高所长吗？"一个叫向天的人问。

"是这样的，我们所长有事脱不开身，派我带队前往。"山涛赶忙抢着说，"对了，如果你要了解他的情况，等开完会我再告诉你。"

听他这么一说，江春蓝的情绪一下子有些低落，但碍于自己是东道主，并且是东道主的头儿，也就不便继续追问，同时也容不得她多想，她必须把今天这个场面撑过去再说。

整个一天的会议江春蓝都显得心事重重，她的报告也做得不是那么自信，竟然还念错了几个字。

在山涛代表高若天做成果报告的时候，她的心装着的全是高若天一个人孤零零地默默钻研的情景。当然，作为一个职业研究者，她对高若天提出的观点不得不暗暗佩服。特别是高若天提出 SX 代表的是某种"规则"的观点，这是 C 市研究所全体人员都没有想到的，令人耳目一新。他还向同行们提出了今后的研究方向，他指出，我们必须从更新每一个人的观念做起，特别要让人类的管理者们明白，解决 SX 病毒的关键不全在研究所，而是需要他们深刻反省人类为了盲目发展所犯下的错误，然后把人类带到正确的轨道上去。当然，目前的人类还远没有认识到自己的错误所在，还远没有认识到人类乃至整个生命发展的终极目标是什么。只有把这两点想清楚了，再依靠 DNA 编码的方式把它传达给 SX，人类才有获得拯救的希望。

下午 5 点多钟，交流会总算开完了，明天安排的是参观，已经没有什么实质性内容。江春蓝终于可以找山涛了解高若天的情况了。

然而，江春蓝做梦都没有想到的是，山涛交给江春蓝的竟是一封高若天的绝笔信！她只草草看了看就大叫一声，差点晕过去。

第 23 章　龙凤劫

江春蓝驾着车发疯似的冲向机场，她已经昏睡了一整夜，再慢一步就来不及了。高若天是在 3 天前染上 SX 的，明天就是"第五天"了，也就是说，在今生今世，留给他们相见的时间已经进入倒计时。江春蓝趁同伴还在熟睡，悄悄起床，草草给母亲写了留言就溜出研究室，她不能让别人发现她的出走，她明白在病毒纪那会是个什么样的后果。

江春蓝握紧方向盘，眼睛像要喷出火似的注视前方，高若天的话像录音似的在她的脑海中不断回旋。

小蓝：我要走了，要永远离开你了。唯一的遗憾是今生没有真切地看你一眼，这会让我闭不上眼睛的。

我知道你很漂亮，并在最近查阅你们研究所近百年来关于 SX 研究的档案时，猜到你是我爸爸的爷爷的妻子的后代，因此我对你爱得格外沉重，也格外辛苦。我早已把你视为我生命的一部分，好像我们一直以来就在呼吸着同样的空气，流着同样的鲜血，思索着同样的问题。可是，无情的 SX 却让我们远隔千里，无缘相见，就好比原本相连的身体被一把利斧劈成了两半。

我们的快乐从你 15 岁生日那天起就结束了，只有短短的一年多。从那以后，一连串的打击接踵而至：父母双亡、身落残废、被逼抽婚、强行搬家、罚做苦工……

我最恨的人是海天，是他从我们抽婚那天起就把我抛进了无尽的苦难中，我知道这都是因为你，是他把对你的怨恨全部发泄在了我的身上，因此我只能默默承受，用你的爱去抵消他的怨恨，直至身心都在这种抵消中逐渐麻木。

抽到我的妻子不算漂亮，但很贤淑，她为我生了一儿一女，儿子名叫高野，已经满 16 岁。在妻子的操持下，他不但长得很健康，而且还拥有极高的天赋，"所有生命的进化都是为了一个共同的终极目标"的观点就是他提出来的，因此我把玉蝴蝶传给了他，希望在与病毒和解的那天，他能带着它去与你们团聚。遗憾的是，好人命不长，妻子已经在 3 年前死去，她是在工厂上班时因车间空气泄漏而死的，全车间 300 多人因此被提前销毁。

今年 8 月，海天的父亲被杀，他已经把持大囚长位置达 20 年之久。新任大囚长是与爸爸的爷爷高风共过事的故交的后代，他听说我的遭遇后把我召回了研究所。我非常感激他，也非常珍惜这个机会，因此就不分白天黑夜地拼命工作，我想早日找到与 SX "对话" 的方法，这样才能早日带着那只玉蝴蝶来和你相会。这次到你们所进行学术交流就是我特意安排的，我发现我已经不能再等，我怕再也找不到和你相见的机会。没想到的是，在临行前两天，我不小心在研究室造成病毒泄漏，当时在场的 3 人全都染上了病毒。我们被当即送到了海滨 "疗养院"，与外界的一切联系就此断绝。

昨天，山涛来看我，我才想到应该留一些话给你，因此草草地写了这么多。这样，你就不会在以后的日子里骂我绝情了。

小蓝，我唯一的爱，你要好好保重，一定要等着高野带着那只蛟龙玉蝴蝶前去找你，一定要等到他啊！

小蓝，我永世的爱，今生不能相见已成你我终身的遗憾，等你百年后来到九泉下找我时，我们只能凭借双方声音的牵引去相认了……

车在树荫搭成的隧道中飞驰，车外的一切都在向身后的黑暗猛退。江春蓝的意识中只剩一个念头：没想到今生相见的时间只剩一天！我必须和他见面！赶在他离开之前见面！

车很快钻出压抑的树荫隧道，开进漫天飞舞的雪花里。江春蓝绕过候机楼，直接把车开到跑道上。

跑道上已经落满了洁白的雪花，只有一架飞机孤零零地停在那里，也不知道它将飞往何方。

正当江春蓝彷徨无措时，一辆巡逻车开到她身边停下来。

"你是谁？你要干什么？"一个身体肥硕的地勤人员问。

"我是 C 市病毒研究所所长江春蓝，我要到海滨大囚去，我有紧急公务，十万火急！"江春蓝焦急地说。

"可是不巧啊，喏，只有一架下午的运输机，按规定是不准乘客搭乘的。"胖地勤摊摊手说。

"可是，我确实很急啊！今天不能赶到就一切都完了。"江春蓝急得眼泪都流出来了。

"那你得说说是什么事那么急啊？我凭什么相信你说的话

呢？"胖地勤漫不经心地问。

"这……"江春蓝更急了，"这……这是事关病毒方面的最高机密，是大囚长亲自安排的。"她撒了个大谎，想借此唬住他。

"呵，来头还不小啊！那总有个介绍信什么的吧？"

"走得急，没来得及开。"江春蓝只好硬着头皮编下去。

胖地勤显然不相信她的话，冷冷地说："跟我过来，我得请示领导，让他打电话证实一下。"

听她这么一说，江春蓝急得落下泪来。

"嘿，你哭什么啊？像丈夫马上就要进入'第五天'似的。"

江春蓝实在没有办法了，只好把情况如实地跟他说了。只是附带编造了点内容，就是她这次去主要是为了拿到高若天遗下的研究资料，这对人类走出病毒纪相当重要。

江春蓝声泪俱下的讲述感动了胖地勤，他立即大度地对江春蓝说："这事就包在我身上了，我知道这事不能让别人知道，你就到我的房间躲着，到时候我悄悄把你弄上飞机。"

"谢谢谢谢……"江春蓝一连说了好多谢谢。

一小时后，江春蓝躲进了胖地勤的房间里。路上还碰到了他的同事，他说是自己的表妹就搪塞过去了。

江春蓝总算可以静静地休息一会儿了，她半躺在那张唯一的单人沙发上，竟在不知不觉中睡着了。

后来，她听到一个男人叫她的声音，才猛然惊醒，一问时间，已经是下午1点。她急忙起身问："是不是飞机已经开走了？"

"呵呵，别急，要2点才开。我马上想法把你带到飞机上去，我已经跟他们交代好了，看那边能不能找到便车把你带到'疗养院'去。他们都是好人，被你们的故事感动了。嗨！想不到在这病毒纪还会发生这样惊天动地的爱情故事，你们让所有古代经典爱情故事都逊色了。"

"感谢你，大哥！没有你的参与，这个故事不会那么圆满，我代高若天向你鞠躬了。"江春蓝说着向他的恩人深深地鞠了一躬。

"快别这样，这点事算什么呢？好了，我们出发吧。"

下午3点30分，江春蓝搭乘的飞机在海滨机场降落。此时，温暖的阳光斜斜地洒在空旷的机场上，全然不似C市机场一派风雪迷蒙的样子。

机组人员果然不错，他们为江春蓝找了一辆送货的车带她前往海滨。

还离得远远的，一片蓝蓝的海平线已经映入江春蓝的眼帘，在海天茫茫之间，有一些亮丽的小白点在空阔明澈的碧空里上下翻飞……那一定是海鸥！人类何时才能像它们那样自由飞翔呢？江春蓝已经被那幅生动的景象迷住了，仿佛那里就是她和高若天将要双飞双栖、尽情翱翔的世界。

"抱歉，我只能送你到这里了，我得马上把货送到分配局去，谁都不敢违背法律啊。"司机是个年轻人，他已经为江春蓝打开了车门。等江春蓝下了车，他又指了指左边通往海滨的一条支路说：往那边去，大约一小时就到了。说完就把车从右边的公路开走了。

江春蓝孤零零地走在通往"疗养院"的路上，这哪里是路啊，两边的蔓草和树丛已经封住了原本宽阔的道路，不仔细辨认，你根本看不出曾经是路的一点痕迹。江春蓝的脑海中突然冒出这样一句与古人的名言相反的话：地上本来有路，走的人少了，也就没有了路。刚一想到这里，她便被这句话深深地感动了。是啊，人已经越来越少，不知哪一天这路上就没有人走了。

江春蓝渐渐走到一个小海湾里，可此时的她已经没有心思去欣赏海景，她一边奋力地扒拉着荆棘蔓草，一边不断地设想着高若天现在的情景。他是不是也像那些进入"疗养院"的人一样，正在尽情享受他人生中最后的快乐呢？他不会，他肯定不会。他一定还在为不能在最后时刻见到他的爱人而耿耿于怀，他不能容忍这个他人生中的最大缺憾。好了，高若天，你不会有缺憾了，我就要来了，就要站到你的面前来了。我要用整整一天的时间，让你看个够，让你抱个够！我要让世间欠我们的所有都在这一天当中得到彻底偿还！对了，我知道该怎么办了，我必须这么办了，我得脱掉那身阻隔了我们大半辈子的灰熊皮，穿着轻柔漂亮的衣裙，温情地投入你的怀抱。好了，我已经没有多少牵挂了，江浩和江渺都快长大成人，母亲会带好他们的。再见了，妈妈！再见了，儿子！再见了，女儿！我要找我的幸福去了……

江春蓝这样想着的时候，已经连续 3 次按下防护衣头盔的开启按钮，顿时，一股清新的空气灌进她的肺腑，让她的精神为之一振！真舒服啊，原来自由的空气竟是如此醉人！江春蓝忘情地猛吸了几口，恨不得在这一瞬间把五脏六腑都荡涤得干干净净！江春蓝接着飞快地脱掉那身囚禁了她 22 年的防护衣，狠狠地望空中一抛！霎时，一身蓝色风雪衣的江春蓝就沐浴在柔和的夕阳中了，她顺势张开双臂，恨不得把蓝天、把彩霞、把大海、把远山、把夕阳、把眼前所有所有的一切都一股脑儿地抱进怀里……哈，真自由！真轻松！这才是人应该享受的生活！这才是人该有的样子！

江春蓝就这么满身亢奋地出现在海滨疗养院的大门口，她看到的是一个比 C 市疗养院还要美丽得多的世外桃源，他的高若天或许正站在远处开满鲜花的山坡上放眼眺望，他是否已经望见他割舍不下的爱人，正踏着如血的夕阳，向他款款走来。

一个穿海蓝色防护衣的门卫叫住了江春蓝："嗨！快进来！你怎么可以跑到外面去？"说着就拉着她往里走去。

江春蓝突然明白他是错把她当成病人了，就奋力挣脱他，跑进前面的办公室，抓起对讲电话大声说："我不是这里的病人，我叫江春蓝，我是来和高若天见第一面，也是见最后一面的，快带我去见他，我们已经等了 26 年！"

"你就是江春蓝？就是那个高若天一直呼唤着的名字？"办公桌后的男人吃惊的目光透过面罩，打量着眼前这个激动不已的漂亮女人。

"是的，我就是江春蓝，快带我去见我的高若天！我们要在这里度过整整一天的快乐日子！"

"抱歉，你怎么现在才来？"那男人早已老泪纵横，"高若天已经于一小时前离开了人世，尸体已经于 5 分钟前被送进了焚化炉。"

"你说什么？"江春蓝脸上所有的生气顿时凝固，"一小时前？不是还有一天吗？请你不要骗我好不好？这可是我们一生中唯一的一次会面啊！"

"你们都这个样子了，我怎么还忍心骗你呢？据医生说是心肌梗死，他大概是不想死在 SX 的手里，因为他不想认输。"

江春蓝愣住了。一阵可怕的沉默……

蓦地，江春蓝狂叫一声，发疯似的冲出大门，径直向远处泛着蓝光的大海狂奔而去。

她此时的脑中只剩一个意象：在那个夕阳斜照的蓝色海湾，在高若天那座孤零零的"囚屋"前面，有许多白亮的海鸥在蔚蓝的海面上自由飞翔……

第 24 章　哥哥

外婆找妈妈去了，到现在都还没有回来。江渺和江浩已经在透明窗前痴痴地等了一个下午。

天快要黑了，夕阳正在收敛它的余晖，不觉间，雪地已由金黄变成了灰白。凛冽的寒风顺着"囚屋"前的空地刮起来，吹得一树树雪塔瑟瑟发抖，不断有积雪簌簌地滑落下来，在雪地上溅起阵阵细微的雪末儿。

江渺和哥哥都不说话，他们都在心里默默祈祷着，祈求外婆和妈妈早点回家。

外婆在临近中午时接到妈妈的同事离空打来的电话，他几乎是用哭腔告诉外婆：江春蓝留下一张纸条找高若天去了。

这个看似平淡无奇的消息对于外婆来说无异于一道晴天霹

雳，当场就把她击蒙了。因为江影竹最懂女儿，她知道女儿的不辞而别意味着什么。她无法在两个孩子面前掩饰她的慌乱和恐惧，她几乎没对他们做任何交代就穿好防护衣急匆匆走出"囚屋"。

看着一言不发的哥哥，江渺终于忍不住了："哥哥，外婆已经出去老半天了，怎么还不回来？天已经黑了，路上有野兽呀。"

江浩还是痴痴地望着透明窗，不说话。

"你说话呀。"江渺站起来把着哥哥的肩头用力地摇了摇，"是不是外婆已经找到妈妈了，她们就要回来了？"

"嘘——"江浩望向外面，用食指做了个噤声的动作，"快看，有人来了，是两个人。"

江渺也向外望去："看到了，看到了，是两个人……哇——我好幸福哦，外婆和妈妈回来了。"

江渺兴奋得跳起来，接着就蹦蹦跳跳地跑到过渡室边的玻璃门前等待。

终于，过渡室的外门打开了，外婆一脸凄然地走进来，随即转身向门外站着的一个人挥了挥手。那人是离空，不是妈妈！兄妹俩面面相觑。妈妈怎么没回来？难道她……一种不祥的预感涌上二人心头，他们急切地拍打着玻璃门，希望外婆能用手势告诉他们关于妈妈的消息，希望外婆告诉他们：妈妈已经回来了，她已经回到研究所和病毒"对话"去了。

可是，外婆懒得理他们，她只是默默地坐在过渡室的软椅上发呆，任由头顶那股紫色的光雾在她眼前不停地倾泻。

看到外婆这个样子，江渺知道急也没用，他们必须再耐心等待一小时。病毒纪的孩子有的是耐性，他们的耐性就是在这一小时一小时的等待中磨炼出来的。江渺干脆离开玻璃门，跑到自己的房间睡觉去了。她想利用这漫长的一小时去做个好梦，梦见妈妈笑吟吟地回到家里，和他们共进晚餐。

可是，当江渺醒来的时候，她听到的是外婆和哥哥悲痛的哭泣。江渺一下子明白了，妈妈不可能再回到这个家里，他们已经永远失去了妈妈。江渺跟着哇哇地哭了起来。

等他们都哭够了，外婆对他们说："你们不用哭，你们的妈妈已经私奔了，她丢下我们到海边去找她的野男人去了。她对我们如此绝情，我们还哭她干啥？我们不用去管她，是死是活都跟我们没有关系了。浩浩，渺渺，听外婆的，今后就只有我们祖孙仨相依为命了，尽管外婆有病但我还不算太老，我就是拼上我这把老骨头，也要把你们带大，带到你们可以走出'囚屋'，到外面去自由自在地生活。从今天开始，你们都应该懂事了，哥哥要爱护妹妹，妹妹要敬重哥哥，你们要多花时间学习研究，这样才能把我们江家病毒研究世家的衣钵继承下去……"

外婆一气唠叨了好多好多，直到江渺吵着饿死了要吃饭了才停下来。

17 岁的江浩听懂了外婆的话，他把对妈妈的思念化作了学习的动力。在接下来的日子里，他几乎把所有的精力都用在了研究 SX 病毒上。

江渺却没那么懂事，她成天郁郁寡欢，除了睡觉就是上网聊天，还经常为与哥哥争用那台家里唯一的电脑而耍小姐脾气。谦和的江浩拿她没辙，只有让着她。

不知是病毒纪的网络太小，还是冥冥中命运的安排，一段巧遇还是真真切切地发生了。

江渺和高野，这对在网络中不停瞎撞的自由电子，终于在第二年初春的下午撞到了一起，并且一撞就撞出了炽烈的火花。

那天，江渺午睡起来，一副慵懒无聊的样子。她打着呵欠伸着懒腰来到客厅角落的电脑前，毫不客气地把哥哥撵开，一屁股坐到椅子上，又开始了她一天的网络闲逛。

尽管江浩正在专心致志地学习从外婆的外婆开始一辈一辈

流传下来的病毒知识，但他还是不跟她急，就算学到最要紧的地方他也会停下来，因为他知道，要攻克SX病毒或是与它"和解"不是一朝一夕能够完成的，他的祖辈们已经历经了四代人的努力都没能做到。何况他是那么爱他的妹妹，让她快乐和幸福是他的责任。爸爸妈妈已经没了，外婆的身体也出现了问题，说不定哪天说走就走了，到那个时候，就只剩他们兄妹俩相依为命，照顾妹妹的担子就落在了他这个哥哥的肩上。

江渺的心思却没那么细，她在家中一直受宠，养成了大大咧咧、没心没肺的坏毛病。因此她对哥哥的谦让和关爱视而不见。她敲击键盘，滑动鼠标，漫无目的地在网络中四处闲逛。突然，一个漂流瓶跳了出来，江渺马上将它捞起，打开一看，原来是个"觅友瓶"。"唉，觅友觅友，觅个头啊，寻寻觅觅冷冷清清凄凄惨惨戚戚……"江渺叨念着正准备把那个漂流瓶扔回大海，但里面的一句话却让她停止了动作。——"恋人为爸爸殉情，我渴望那样的真爱。"

呵呵，有点意思。江渺一边笑一边回了一句："妈妈为情私奔，我恨死妈妈！"

江渺的回话很快得到回应："你是江春蓝的孩子吧，如果是，请马上加我：1232089。"

　　我的天！原来是那该死的高若天的儿子！江渺被惊得不轻。加就加，谁怕谁呀，我正想了解妈妈在那边的情况呢。

　　就这样，江渺和高野，这两个病毒研究世家的第五代传人，终于又在不经意间"撞"在了一起。

　　起初，江渺对高野充满敌意，对他的父亲也充满了怨恨，因此对高野说了许多伤人的话。但是，高野并不跟她急，也不怨她，而是默默地忍受着，等她发泄够了，才把父亲和江渺母亲长达20多年的苦恋向她娓娓道来。少不更事、一向不管不顾的江渺终于被震撼到了。她万万没有想到，一向外表平和的妈妈内心深处竟然一直涌动着挚爱的波澜，那是一种多大的苦多深的痛啊！当她读到高若天写给妈妈的绝笔信时，早已泪如雨下。当高野讲到妈妈毅然脱掉防护衣去陪高若天过完最后一天，却因高若天提前离世而未能见上唯一一面时，江渺更是不能自持，大哭起来。

　　江渺的恸哭惊动了外婆和哥哥，他们都吃惊地跑过来，莫名其妙地望着她。江浩滑动鼠标，一下子明白了妹妹痛哭的缘由。他强忍悲痛，劝慰妹妹说："别哭了，妈妈已经和她心爱的人在一起了，让我们为妈妈感到骄傲吧，她是那么执着，又是那么勇敢，她一直活在爱的世界里。"

　　"是啊，渺渺。"外婆接过江浩的话，"你们的妈妈是值得你们敬仰的，她付出了真爱，也得到了真爱，并在最后时刻以爱的名义兑现了一生中最珍贵的承诺，这是多少人都难以做到的事情啊！对不起，我的孩子们，外婆当时故意隐瞒了真相，外婆是怕你们承受不起那个突兀的打击。而更紧要的一点是，我是怕渺渺重蹈你妈妈的覆辙，尽管你妈妈的爱是伟大的，但我还是不希望类似的事情再次发生在我外孙女身上——渺渺，不要去搞什么网恋，特别是不要和高野走得太近，那会害死你的，你明白外婆的苦心了吗？"

可是，江渺却不愿理会外婆的苦心，她已经在和高野的交往中被他深深吸引。她自己也觉得奇怪，最近几年来，她在网上交流的男网友成百上千，但没有一个让她动心，而高野却让她动心了，就在第一次长聊之后。为什么会这样？江渺和高野素昧平生，连一次电话都没有通过。实在是太神奇了，这是一种莫名的吸引，这种吸引说来就来，并且无法抗拒！这种吸引难道是从他们的祖上那里就开始的，已经深入骨髓，然后变成遗传物质，一代一代地遗传下来？

江渺和高野已深陷其中，无力自拔，在网上畅叙幽情已经成了他们每天的必修课。如果某一天因网络故障等原因而导致他们不能"见面"，这简直比要他们的命还要难受，甚至可以不吃不喝直到网络恢复为止。

看到妹妹又陷入了妈妈的窠臼，江浩又爱又痛，还时常有一股酸酸的滋味从心底悄悄冒出来。江浩已经接近成年，再过几个月就要举行"成年礼"了。虽然不能像病毒纪以前的孩子那样到外面去自由奔跑、劳动锻炼，但墙角的那台跑步机却赋予了他一副健康的体魄。因此，在那个狭小"囚屋"里，江浩和病毒纪所有青春期的青少年一样，只得默默承受"少年维特之烦恼"。

看到妹妹成天泡在网络里，和那个远隔千里的高野甜言蜜语、如胶似漆，江浩心里的气就不打一处来。因此在争夺电脑的使用权时，江浩就没有以往那么大度和宽容了，他常常趁妹妹还没起床的时候就早早地占领电脑，装出一副专心致志、如饥似渴的样子，对妹妹的央求置若罔闻。这样几次下来，江渺就和他彻底闹翻了，她除了向外婆告状，请外婆出面干预以外，还把她能使的所有大小姐脾气都使了出来——捣乱，哭闹，威胁，利诱……无所不用其极。

江浩终于还是屈服了，他不想让外婆生气……自从妈妈离开后，外婆的身体越来越差了。

第 25 章　雪人笑

不知是因为焦虑，还是因为劳累，外婆病倒了。

起初，江渺以为外婆是感冒，像以往那样吃点药，卧床休息几天就好了。可是，这次外婆的病却没那么简单，吃遍家里所有的药也不见好转。看到外婆卧床不起，一天比一天虚弱，兄妹俩都吓坏了，赶紧商量着给外婆原来的单位打了电话。接电话的是所长离空，他听到消息后很着急，当天就赶了过来。跟离空一起进入过渡室的还有一位穿白大褂的女医生，背着一个笨重的大药箱。难熬的一小时过后，离空带着女医生走进了外婆的房间。

"老所长，您这是怎么了？"离空握住外婆瘦骨嶙峋的手，担忧地问。

"是小离来了？你也不用亲自来呀，你现在担子那么重，快说说，你们都有那些新进展啊？"外婆好像并不关心自己的病，反而关心起 SX 来了。

"老人家，治病要紧，其他的事儿等您身体好了再说。来，让我先给您检查检查。"那女医生 40 多岁，态度很和蔼，她从离空的手中接过外婆的手，开始仔细地为外婆检查起来。她边检查边做了自我介绍，她说她姓马，叫马欢，是囚城医院的内科医师。

这样前前后后搞了一个多小时，临了，马医生对外婆说："你这不是什么大病，我到外面去给您配几服药，吃完就没事儿了。"

江渺和哥哥跟着马医生来到客厅的小方桌前，用询问的目光看着马医生。马医生一边配药，一边压低声音对他们说："你们俩要有心理准备，外婆患的是肝癌，已经是晚期了，在这最后的日子里，你们好好陪陪她吧。"

过了一会儿，马医生又提高嗓门说："好了，药配好了，你们俩记得伺候外婆吃，吃完药病就会好的。离空所长，我们可以走了，还有病人等着我呢。"

离空从外婆的房间里走出来，简短地跟兄妹俩交代了几句，就跟着马医生走了。

屋子里一下子静寂下来，是那种让人心颤的静寂。兄妹俩相互望着对方，谁也不说话。显然，他们都在想着眼前这个严峻的问题：外婆就要走了，今后谁为他们煮饭洗衣？谁为他们到外面去采摘野花野果？谁为他们把发生在外面的逸闻趣事带回来？谁来关心他们的冷暖？谁来给他们讲那些病毒纪的往事……

直至听到外婆的呼唤，兄妹俩才齐声应着来到外婆的床前。

"来，我的两个乖孙儿，你们扶我起来，外婆有话要对你们说。"

江渺和江浩一左一右把外婆扶起来，让她靠在垫上枕头的靠背上。江渺又把被子牵上来，把外婆的身子捂好，然后对江浩说："哥哥，你去倒杯热水来，我们服侍外婆吃药。"

江浩很快就把药和热水递到外婆的手里。外婆把一大把药一下捂进嘴里，然后咕噜咕噜灌了几口温开水，皱着眉头吞了下去："苦啊，但凡是药都苦。你们也要有吃苦的准备。好了，浩浩把杯子拿出去吧。渺渺留下，外婆要跟你说说我们女人之间的事情了。"

江浩识趣地走了，出门时还顺手带上了房门。

江渺见外婆如此神秘，心里难免有些紧张。

"来，渺渺，你不用紧张，让外婆好好看看你。嗯，不错，挺俊的，就像你妈妈当年的样子。不过，光有漂亮的身段儿和脸蛋儿可不行，你的脑子还要装东西，要好使才行。我们可是病毒研究世家呀，从你外婆的外婆江帆开始，到你这里已经是第五代了，不能到了你这里就断代了吧。你不能成天在网上瞎逛了，也不要因为感情的事情过多分心，你要自觉地把该补的功课都补上，这样才对得起你的爸爸妈妈呀。好了，这些也不用我多说了。去，渺渺，去把外婆柜子里的那个天鹅绒盒子找出来，就在柜底的一个角落里。"

"好的。"江渺打开柜子，在柜底翻出一个心形绒布盒子，看上去已经很旧，上面的绒毛快被磨光了，原来应该是枣红色的。

"你打开它吧。看看里面装的啥？"

江渺小心翼翼地打开盒子，只见一只翡翠玉蝴蝶安详地躺在里面。

"外婆，这就是你曾经提到过的那只玉蝴蝶吗？"

"是啊，孩子，那一次，在听说你高若天叔叔要到你妈妈的所里来参加学术交流的时候，我就差点传给你妈妈，但时机还没到，因为玉佩上有两行字——人类自由，龙凤聚首。看到了吗？"

"看到了，外婆。是不是因为我们还没有战胜病毒，还没有到龙凤聚首的时候呢？"

"对，我的乖孙女真聪明！这可是你外婆的外婆亲自刻上去的，她的愿望就是等我们战胜病毒之后，让这个刻凤的玉佩和那只刻龙的玉佩重逢。"

"这个我知道，妈妈跟我提起过，那只玉佩原来在高若天叔叔手里，现在已经传给高野了吧？"

"是的孩子，那可是高野的爷爷的爷爷传下来的呀。他的爷爷叫高凤，和你外婆的外婆江帆是一对新婚夫妻，是SX病毒把他们生生拆散的。"

"唉，真是不幸！"江渺翻转玉佩，看到了那只可怜巴巴的凤。

外婆伸出一只手，摸了摸江渺一头乌发的头说："这个玉佩外婆就传给你了，你一定要让两只玉佩聚首啊！"

"不！外婆，我还太小，我还没有准备好，你还是把它传给哥哥吧。"江渺赶忙把盒子关上递给外婆。

外婆并不去接，转而严肃地说："从你外婆的外婆起就立下规矩，江氏后代以母系传承，所有女性必姓江，蝶形玉佩传女不传男，每位江氏女性都有生育女性后代的任务，因此你必须接受，必须去承担，必须去传承，这就是我们江氏家族女孩儿必然的宿命！好了，记住外婆对你说的话，把它放到你自己的柜子里去吧，一定要放好啰。"

江渺见外婆的口吻不容置疑，只好小心翼翼地捧着盒子回到自己的房间。江渺打开墙角的柜子，扒开层层叠叠的衣裙，把盒子放在柜底的一个角落里，然后又用衣裙把它盖得严严实实的。

江渺有些累了，外婆一连串的话让她有些吃不消，她必须静下心来好好地消化消化。于是，她干脆一头倒在床上。

可是，还没等她把外婆的一席话梳理个头绪出来，就听江浩大声喊起来："江渺，你快出来，外婆要出去了。"

江渺一惊，连忙翻身起床跑进客厅。只见外婆已经把那身蓝色防护衣穿在身上，正在透明门前示意江浩快让开。江浩却背靠通往过渡室的玻璃门，双手平伸拦住了外婆的去路。

江渺急了，也赶忙跑过去站在哥哥一边，加入阻拦外婆的行列。

江影竹见兄妹俩态度坚决，知道他们死活不让她出去，只好连续按了三下头盔按钮，打开了面罩。

"嗨，我的乖孙子们，你们怎么这么不懂事呢？外婆想出去给你们采些野花野果子回来，顺便到所里去看看。"

"外婆撒谎，这大冬天的，哪里还有野花野果？再说，研究所也快下班了，你去了也见不到人。"江渺毫不客气地揭穿外婆。

"呵呵，渺渺说得是啊，外婆老糊涂了。罢了，外婆不出去了，外婆为你们姐妹俩做好吃的去了。"外婆边说边脱掉防护衣，进厨房去了。

兄妹俩这才松了口气。江浩悄悄对江渺说："外婆病得不轻啊，我们可要把她看好了。"

"是啊，她这身体不适合再出去了，要是有个三长两短的谁知道啊。反正我们不能让她出去就是了。"

江渺说着也跟着钻进了厨房。

不一会儿，小方桌上就摆满了热气腾腾的饭菜，都是江渺和江浩喜欢吃的。

"吃吧，孩子们，你们已经饿坏了吧。想起来了，我们今天好像少吃了一顿啊？"

"对呀！"江渺跟着叫起来，"我们没吃中午饭呢，都忙着接待医生了。"

"哈哈，我说怎么这么饿，原来是少吃了一顿，我可要敞开肚子吃了啊。"江浩说着呼噜噜吃起来。

"这真是我们家最大的笑谈了，要是你妈妈知道了一定会笑破肚皮的。"外婆说着也笑了。

江渺、江浩也跟着笑起来，好像今天什么事儿也没发生过似的。

晚饭后，祖孙仨继续进行着一些开心的话题，很快就到了该睡觉的时间。江渺、江浩都跟外婆道了晚安，回到各自的房中，开开心心地睡着了。

当晚，江渺做了个非常奇怪的梦。在梦中，她看到自家"囚屋"的屋顶一下子就化开了，天空蓝得让人心醉，棉花一样的白云一朵一朵飘过来，好像用手都抓得住，太阳柔和地照耀着她，像外公那张红红的笑脸。不知在什么时候，四周的墙壁也化开了。嗬！房子背后原来有一条弯弯的小河，暖风轻轻地吹在脸上，就像妈妈那只轻轻抚摸的柔软的手。哈！爸爸，妈妈，外公，外婆，他们从四个方向向她跑来，最后把她和哥哥一下子举起来，旋转，旋转，周围的景物连同整个世界都旋转起来，越旋越快，越旋越快……她感到自己的身体正在被吸入一个巨大的旋涡，开始坠落，坠落，坠落……

"啊——"江渺大喊一声，一下子从梦中惊醒过来，才发现那个无休止的坠落原来是个梦。

听到江渺的喊叫，江浩赶忙咚咚咚咚地跑进来："妹妹，你在喊什么？"

江渺赶紧坐起来，伸了个懒腰说："没有，我做了个梦，梦见自己掉进旋涡里了。"

"哦，是这样啊，醒来就好了，再可怕的梦都不是真的。快起来吧，我去看看外婆，看她起床了没有？"江浩说着走向外婆的房间。

"江渺快来呀，外婆不见了"！没等江渺把衣服穿停当，江浩就惊慌失措地跑进来了。

"你说什么？外婆不见了？再找找，厨房，还有卫生间。"江渺赶紧下床，把一件桃红毛衣套在身上。

"都找过了，她的防护衣也不见了。"

"你快看看过渡室，看外婆是不是还没出去？"

"没有人了，外婆真的走了。"

江渺这才明白过来，外婆真的离开了，趁他们兄妹俩都还在熟睡的时候。

外婆显然已经知道自己将不久于人世，她不想给她的两个孙儿添麻烦，也不想让他们看到死亡的恐惧，她把一切不祥、不幸和痛苦都一个人带走了，却把一个整洁、安宁的家留给了他们。难怪她要把那个蝶形玉佩传到江渺的手里。

眼泪，不知不觉地从江渺酸涩的眼角涌了出来，很快模糊了她的眼睛。江浩也哭了："外婆呀，你为什么不辞而别呀！你为什么丢下我们兄妹俩不管了！你到哪里去了！快点回来啊……"

兄妹俩就这样哭了好久好久，一直哭到眼泪都流干了才停下来。

江渺来到透明窗前，她要在那里向外婆做最后的道别，她一边双手合十、念念有词，一边往窗外望去 —— "天啊，外婆，你怎么对我们那么好！"江渺激动得差点晕倒。

江浩循声望向窗外，只见在透明窗前的雪地上，一个半人高的雪人立在那里，一个大大的罗汉肚，一张圆圆的罗汉脸，一双龙眼核做的小眼睛，一只辣椒做的红鼻子，一张向上弯弯翘着的大嘴巴，一副活灵活现的笑和尚模样！

看到这个生动的雪人，江渺差点就破涕为笑了。外婆，我懂你的苦心了，你是要我们天天都笑啊！ —— 就像你为我们连夜堆起来的雪人儿那样天天都笑。

第 26 章　一百问

外婆就这样无声无息地走了，再也没有回来。

那个在透明窗前的雪人还在那里立着，只是它那张好看的笑脸已经变得似笑非笑、模糊不清。

外婆的突然离去，让江渺一直沉浸在不安与悲痛之中，以至于好多天都无暇他顾，连原来铁板钉钉每天必到的"幽会"都取消了。

唉，高野，高野一定急坏了吧？江渺这样想着，终于又坐回到那台电脑前 —— 开机，登录，点开高野的对话框。满屏满屏的全是高野的问话！从第一句开始到最后一句，可以看出他越来越急，越来越担心，越来越无奈，越来越绝望，到最后居然写出了这样一句话：江渺，你究竟怎么了？是死是活快回答我。这已经是我第九十九遍问你这个问题了，我已经发过毒誓，只要问满一百遍，如果还得不到你的回答，我就可以确定你已经不在人世。我就可以像你妈妈为我爸爸殉情那样，随你而去了。

老天爷！江渺几乎叫出了声，她赶忙查看了这句话上传的日期：是昨天！

江渺顿时紧张起来，现在已经是晚上，高野怎么还不上线，前面那些问话都是从下午到晚上上传的，几乎是一天十问。难道他最终绝望了，所以连这最后一问也懒得问了。

江渺不敢想下去，她慌忙起身走到电话机旁，她只能直接打电话去询问了。可是，当她提起话筒，这才想起她根本就没有问过高野的电话。妈妈曾经有过那个号码，可是妈妈已经把它带到海里去了。江渺又赶紧拨通了病毒研究所的电话，希望离空叔叔能够帮上她的忙，可是电话那头一直没人接听。

江渺再次颓然坐回电脑前，心里不断设想着各种可能发生的情况。他真的殉情了？他家网络出故障了？他家的"囚屋"出事故了？他生重病了……

江渺在心里设想了二三十种可能，但最后都被她一一否定了。最后，她只保留了两种猜测，一个就是网络出故障了，一个就是变心了。对，宁愿他"变心"也不要出现前面的任何一种可能啊！

最后，江渺竟然双手合十，念念有词地叨念起来：变心吧变心吧变心吧……

江浩正在跑步机上消耗能量，看到妹妹神神道道的样子，就停下机器来到她身边："你这是怎么了？你没病吧？"

江渺充耳不闻，仍然叨念个不停。

江浩看到那满视屏高野的问话，一下明白妹妹神神道道的缘由了："你至于这样吗？至于与一个跟你风马牛不相及的人去较真吗？那是一个虚拟的世界，你连人家长什么模样都不知道就爱得死去活来，你也真是的。没有了高野，你还可以找个随便什么野加上啊！不过是找个寄托而已，管他对方是谁，在我们这样的时代，你看到过几对相爱的人走到一起的？这可能吗？"

"哥哥——"江渺转身扑到江浩的怀里哭起来，"可是高野，高野他真的会去死的。"

江浩摸了摸妹妹的头，安慰道："你不用急，也不要哭，一切自有天定，我们病毒纪的人就是这个命，谁也改变不了它。"

这天晚上，江浩一直安慰着妹妹，直到看着妹妹安然入睡。

第二天，江渺睡到很晚才起床，她已经平静下来，但她还是不甘心，她头不梳脸不洗就坐到电脑前，打开了高野的对话框——没有他的最后一问，没有！唉，结束了，一切都结束了。这一切来得快，也去得快，像一阵迅猛的飓风，刮过了江渺的心田。但不管怎么说，他们毕竟爱过，爱过了就不会什么都不留下。

江渺开始敲击键盘，噼里啪啦地键入了这样一段话："高野，你也许已经不在这个世上了，也许你真的变心了，但我要最后对你说一句——我爱你，永远爱你！我要到另一个世界去找你！"

还没等江渺把这段话发出去，就看见高野的对话框突然闪出一句话："江渺，我第一百次问你，你究竟怎么了！你是不是已经不在人世了？好了，我已经问你百遍，我可以离开这个世界了。"

"哦，高野，你终于来了！"江渺慌忙把刚才写好的那段话发了过去。

高野马上回应道："你终于来了！你差一点点就害死我了！这十来天你究竟干什么去了？你怎么对我如此绝情？"

"对不起，我这里出了点变故，外婆也离开了我们。都怪我，是我把你忽略了。"

"看到你刚才发的那段话，我很欣慰，原来你那么爱我，我还有什么可抱怨的呢，就是死也心甘了。"

"我发誓，我再也不这样几天不理你了，我们要天天在一起说话，不管遇到任何情况，除非我死了。"

"千万别再说死，我们都不许再说。"

"好的，我不再说。那你说说，你为啥要等这一天多才问这第一百遍，我真的以为你已经死了，这也许会害死我的。"

"不是我不想问，是我们这里的网络出问题了。"

"好险啊，幸好是你的网络出问题了，不然你就会在问完一百遍之后就去做傻事了。你真的会那样做吗？"

"我发过毒誓，肯定会那样做的。"

"你真傻！这么说来，我要感谢那个网络故障了？"

"是啊，不过，我还得感谢你，你要不是在今天网络故障恢复的时候正好在，我现在已经走在黄泉路上了。"

"好了，一切都过去了，我现在真幸福，比世上所有的女孩儿都幸福！"

"我也是，我现在是这世上最幸运的男人！"

江渺和高野，这对差点失之交臂、阴阳永隔的男女，终于又在机缘巧合中走在一起了。

在接下来的日子里，他们每天都黏在一起，有说不完的情话，有讲不完的故事，连吃饭睡觉都不太当回事了，更别说学习和锻炼身体了。

江浩看到妹妹成天腻在电脑上，一天比一天着迷，一天比一天痴情，心里越来越不是滋味。除了一丝隐隐的妒意之外，更多的是替妹妹担心，长此以往，妹妹的身体会吃不消的，他害怕这种过于炽烈的感情会很快熬干妹妹的身体。

江浩不得不扮演"外婆"的角色苦口婆心地劝说妹妹，劝她适可而止，别陷入太深，虚幻的感情当不得饭吃，也不利于身体，希望她把更多的精力放到钻研病毒上来，这样才不至于辱没病毒世家的荣誉，才能在走出"囚屋"时成为一名合格的江氏传承人……

遗憾的是，哥哥接二连三的劝说非但没能让妹妹降温，反而让她对哥哥越来越反感。直到一天晚上，兄妹俩的对立情绪终于被彻底引爆！

事情的起因很平常，江浩花费两个小时烧了几个好菜等妹妹一起吃饭，但妹妹不领情，直到饭菜凉透了都还黏在电脑前与高野说个没完。

事情的结果很严重，在江浩数落妹妹一通之后，江渺劈头盖脸冲着哥哥甩出一串绝情话："我没有你这样的哥哥，你简直是个变态狂……从今天起，我的事情不用你管，我再也不想与你待在一个屋子里，我要走出这个该死的'囚屋'，我要去找高野……"

江渺一边吼叫，一边冲向过渡门，伸手按下开启过渡门的按钮。还没等江浩反应过来，她已经从还没完全打开的门洞挤了过去，紧接着又把手伸向那个打开外门的红色按钮。江浩吓坏了，慌忙冲进过渡室抱住妹妹，把她拖回到客厅中。

好险！要是江浩反应稍慢两秒钟，过渡室的外门就会被妹妹打开，随后的结果可想而知！

在病毒纪，类似的悲剧时有发生，夫妻不和，父子反目，兄弟不睦等诸多矛盾，都会因"囚屋"中憋闷的空气导致的心理压力被无限放大。

妹妹的突兀表现让江浩有些猝不及防，也让他十分后怕。在安抚妹妹上床睡觉之后，他不得不静下心来，认真思考他们兄妹俩今后的生活该怎么过……

第二天早晨，江渺醒得比往常晚，她躺在床上不好意思起来，想到昨晚对哥哥说的那些绝情话，她的脸顿时羞得绯红。

她穿好衣服从房间出来，发现哥哥的房门敞开着，房间里没人，被子叠得整整齐齐的，在被子上面有一张纸，上面密密麻麻写满了字。

这一定是哥哥昨晚写的，是写给我道歉信吗？应该我跟哥哥道歉才是啊，毕竟是我蛮横无理，伤了哥哥……江渺蹑手蹑脚地走进哥哥的房间，抓起信纸浏览起来。刚刚看了个开头，江渺就惊叫一声，差点晕厥过去。她赶紧一手扶墙，一手展开信纸，强忍着眼泪读了下去：

渺渺：

我的好妹妹，请原谅哥哥的不辞而别，哥哥不得不离开你了。哥哥这是迫不得已，我再不离开，怕真会发生昨晚幸未发生的悲剧了。哥哥死不足惜，但你作为病毒世家的传人，你绝对不能死！其实，哥哥一点也不想离开你，你是哥哥唯一的亲人，我怎么舍得把你一个人孤零零地丢在那个牢笼里呢？我一想到你一个人还要在"囚屋"中独居三四年，我就难过得不行。想到你除了那台电脑，连说话的人都没有，我就心如刀割。要是你生病了怎么办，谁来照顾你啊？

妹妹，你知道哥哥有多么爱你吗？只要你愿意，哥哥可以为你去做任何事情，包括让我去死。其实，哥哥这次提前出"囚屋"的另一目的是去找高野，我已经想到了找到他的办法，你耐心等着吧，我会把一个活生生的高野带到你面前的。哥哥说话算话，骗你是小狗！

妹妹，哥哥马上就要走出这间"囚屋"了，尽管它把我囚禁了差不多18年，但还是有些不舍。因为这间小小的"囚屋"，装满了外婆外公和爸爸妈妈的爱，装满了你从小到大蹦蹦跳跳的身影，装满了我们的喜怒哀乐，装满了我们的欢声笑语。

妹妹，哥哥走后，你要好好保重自己，记住你身上背负的江氏家族的使命，不管再难再苦，都要好好活下去。哥哥相信，你和高野的爱定会感动上苍，你们一定有相聚的那一天。

妹妹，哥哥还有最后一个要求：希望你一觉醒来，发现哥哥已经离开之后，不必悲伤，也不要哭泣！

哥哥走了……

江渺看完哥哥留下的信，伤心地哭了。她一边哭一边把"囚屋"的每一个房间都找了一遍，连床底下也俯身去看了。她这才相信，哥哥确实走了。他一定是穿着外公的防护衣走的，因为那件一直挂在外婆房间墙上的灰色防护衣不见了。可是，他能到哪里去呢？他是不敢公开露面的，因为法律规定：未行成年礼出"囚屋"者，处以裸刑。如果他不公开露面，他又能躲到哪里？他应该知道，他如果一直待在野外，防护衣自带的氧气只够他呼吸两小时。看来，哥哥是不想活了，他是抱着必死的决心出去的，而让他出去的理由却是怕害死自己的妹妹。他所说的另一个目的是真的吗？苍茫大地，茫茫人海，他到哪里去找高野啊？想到这一层，江渺哭得更伤心了，她恨不得马上跑出"囚屋"去，把哥哥立即找回来，就是让她立即与高野断交她也愿意。

江渺把目光停留在墙上那件外婆的防护衣上，只要取下来穿在身上，她就可以走出"囚屋"，去找哥哥。但她终究没动，因为她知道，如果她敢走出这间"囚屋"，外婆和妈妈的遗愿就会落空，江氏家族的血脉就会就此终结。因为哥哥离开"囚屋"早就超过两小时，他很可能已经感染病毒了。江渺感到非常压抑，她感到房顶和四壁都在向她不断地压缩过来。终于，江渺发出了几声惊天动地的嘶叫：啊—— 啊—— 啊——

从那以后，江渺就落下一个毛病，当她极度寂寞、极度压抑或是极度恐惧的时候，她就会直直地站在透明窗前，望着远处的树林不停地呐喊，一直要喊得头昏脑涨、声嘶力竭才会停下来。

再后来，江渺除了成天在网上向高野诉说以外，又找到了一个新的排解寂寞与压抑的方式，那就是扯开嗓子唱歌 ——

　　我是一个孤独的女孩，

　　小小的"囚屋"是我的全部世界，

　　亲人们都去了远方，

　　也没有小动物来与我做伴，

　　啊，我多么的可怜，

　　整个宇宙只有孤星一颗，

　　整个世间不再有人声相唤，

　　啊，我多么的可怜，

　　我说出的话只有自己的耳朵在听，

　　我唱出的歌儿也飞不出这囚禁的空间……

　　这是江渺自己创作的歌曲之一，在很短的时间内，她就会唱几十首歌了，全都是自编自唱。她也把这些歌词传给了高野，但高野会以怎样的曲调去唱，就不得而知了，因为网络受制于病毒纪科技的严重倒退，聊天工具是病毒纪前的阉割版，只能传输文字，不能传输音频和视频。

　　在江渺先后失去外婆和哥哥的那些痛苦的日子，多亏有高野通过网络传过来的文字的陪伴和安慰，才让她渡过了难关。

可是，不幸好像也会传染似的，从江渺这边传到了高野那边。在江渺的哥哥离开不久，高野兄妹俩剩下的唯一依靠——爷爷也在一天晚上睡过去了。就这样，江渺和高野成了两根藤上的两根苦瓜，虽然长在异地，却苦到一处。

于是，这对同病相怜的苦命人，依凭网络这根红线，一起在病毒纪孤独而漫长的岁月中艰难跋涉。

第 27 章　看着我

今天是 8 月 1 日，是江渺 18 岁的生日。为了这一天，江渺已经等了整整 18 年。还在一年前的今天，江渺就天天屈指计算，翘首以盼。

这一天终于来了。上午 9 点，江渺透过玻璃门盯着的过渡室外门终于打开了，离空叔叔和一对中年男女鱼贯而入。江渺兴奋得叫出了声，她欢天喜地地跑到玻璃门前拍门招呼。离空看见江渺兴奋不已，赶紧过来用他的手掌在江渺手掌的位置拍了拍。江渺喜极而泣，离空叔叔的眼圈也跟着湿润了，他比画着手势告诉江渺：不要急，等他们消毒完毕就进去为她举行"成年礼"，一个小时之后，她就可以走出"囚屋"，去享受大人才能享受的自由了。

江渺听话地点点头，到透明窗前的小椅子上坐了下来——

这张硬木做的小椅子，从江渺会坐开始，就经常坐在那里，已经整整坐了 17 年。江渺怎么会急呢？这么多年都熬过来了，这一小时对于今天的她来说，简直就等于一秒钟啊。

特别是最近这 3 年多，在外婆和哥哥相继离开之后，她都不知道自己是怎么熬过来的。除了和高野的文字对话，还有就是偶尔有送食品的人出现在过渡室外，她就几乎没再见到过一个活人。江渺曾经在网络上读到一个病毒纪前的故事。那个故事其实是一个大难不死的矿工的自述，他向人们讲述了自己在一次矿难中被困于矿井七天七夜的可怕经历。他被困在一个连手脚都无法伸展的狭小空间里，头灯的光很快就熄灭了，周围黑得跟煤似的一丝光亮也没有，空气沉闷得好像有棉花堵住了自己的肺，身边没有一点食物，只有在头顶的一个角落有水滴落，过几分钟才会滴下一滴。在那样的环境里，饥渴根本算不了什么，最要命是无尽的死寂和越来越强烈的恐惧。这种死寂和恐惧，可以很轻松地崩断一个人的神经，摧毁一个人的意志。在那样的环境里，你根本不知道你还有没有生还的可能，你根本不知道盘旋在头顶的死神会在哪一分钟降临。不管你有多大的能耐、多大的本领，一切都无济于事，留给你的只有无奈、无助和认命。如果你不认命，那种绝望的恐惧就会越来越强烈地啃噬你，最后的结局就是在身体的能量还未耗尽之前就被惊吓而死。后来，那个矿工选择了认命，他在顺应与平和的心态中等到了第七天，他获救了，成为人们心目中的英雄。

现在回想起这个故事，江渺在敬佩那个矿工的同时，心里又有几分不服气。被困七天七夜就算英雄了，那我呢？我算什么？就算从哥哥离开算起，我也已经一个人在这该死的"囚屋"中煎熬了1000多天，那可是7天的一两百倍呀！那我岂不是应该叫作超级英雄了？对，我就是一个超级英雄，病毒纪所有像我这样的人都是超级英雄！

是啊，高野是超级英雄，哥哥也应该是。江渺想到这里，不由自主地走到电脑前，点开了高野的对话框，——哇！有高野的祝福信：

> 妹，今天是你18岁的生日，也是你成年礼的日子。今天开始，你就可以走出这个囚禁了你18年的"囚屋"了。我没有更多的语言，除了恭喜还是恭喜……

啊，真是美妙！江渺感叹了一声，接着又点开了自己的邮箱。哈，还有新邮件呢。她连忙点开，发现是一个陌生地址发来的：

妹妹，以下的内容一定要保密，你一个人悄悄地看吧。

我是哥哥，那个你以为已经不在人世的哥哥。我现在过得很好，我在 D 市病毒研究所工作。值得庆幸的是，我已经在与 SX 的对话中取得了进展，这个我们可以以后详谈。哥哥知道，今天是你的成年礼，是你开始自由生活的日子，哥哥为你高兴，也为你祝福。哥哥知道，你会到 C 市病毒研究所工作的，到时候我们一定能找到见面的机会……

哈哈，哥哥还活着，实在是美妙啊！这么多好事都集中在这一天降临，我怕我承受不起了！当江渺还在为得到高野和哥哥的祝福喜不自禁的时候，离空已经领着一男一女两个司仪走了进来。"恭喜你，江渺姑娘，我们奉小囚长之命为你举行成年礼来了。"

江渺连忙站起身，走到离空的面前，激动得话都说不出来了。

离空拍了拍她的肩头说，"别紧张，这一切不过是个程序，必须经过这个程序你才能算大人，成了大人你才有资格自由地走出'囚屋'去。从今天起，你走出'囚屋'就算合法了。待会儿有一项议程是讲防护衣的穿着和使用要领，对这个，你要用心记好了，因为这是人命关天的大事情，弄不好就会没命的。"

江渺的成年礼开始了。照例是脱衣净身，聆听《战胜 SX 宣言》，当事人宣誓，教授防护衣穿着和使用要领，加成年冕授防护衣，送当事人出"囚屋"。

大约 20 分钟过后，江渺的成年礼完成，司仪们已经把一件桃红色的防护衣穿在了江渺身上。江渺感到周身发热、耳朵发蒙，有些头重脚轻，她从还未闭合的面罩看出去，见离空叔叔和两个司仪都在一旁一边鼓掌一边赞叹。

"成了，江渺，我们可以出去了。来吧，先到过渡室来，我要先给你讲讲过渡室的使用要领，这也是非常要紧的。"离空说着牵着江渺的手走进过渡室，两个司仪也跟了进去。

"你听好了，当你进入过渡室时，首先要做的就是检查防护衣是否已经穿好，然后按下玻璃隔离门的关闭按钮，只有隔离门关上了，外门按钮的电源才能接通，接下来的一步也是最重要的，就是必须关上头盔面罩后才能去打开外门，最后一步自然就是按下外门按钮打开外门走出去。曾经也有过还没关上头盔面罩就走出过渡室的事故，那样的事故很可怕，不光自己会染上病毒，还会在不知不觉中害死别人。你都记住了吗？"

"记住了。"

"好吧，现在关闭头盔面罩，我马上要打开外门了。"

"好的。"江渺应了一声，抬手关上了面罩。嗬！好静啊，世间万籁都被那层薄薄的面罩隔在外面了，而自己的呼吸却突然变得那么响，像鼾声在小房子中回荡。

过渡室的外门缓缓打开，江渺跟着几个大人走了出去。

在门口，离空的话音清晰地传进了江渺的耳机："你等等，我再给你讲讲从外门进入'囚屋'的程序。你进门前得先检查一下自己的防护衣是否有破损，头盔面罩是否关好，然后按下这个按钮，走进过渡室，再关闭外门，然后就耐心地坐在软椅上消毒一小时，一小时到了，你才能打开隔离门进屋，进屋后不要忘了关闭隔离门。你可都记住了？"

"记住了。"

江渺尽管被那身有些笨重的防护衣罩着很不习惯，但她的内心还是充满了喜悦，因为毕竟从那个囚禁了自己 18 年的"囚屋"中走出来了，她的足迹不再局限于"囚屋"之内，她可以到广阔的天地中去自由行走了。

江渺随离空上了一辆破旧的车，这是她第一次坐汽车，尽管她原来在电脑上看到过，但她还是感到无比新奇。汽车起动了，顺着江渺"囚屋"前的空地向东驶去。这是一条水泥马路，已经变得坑坑洼洼。汽车沿着一长溜"囚屋"驶过，有几个透明窗内还有人影在晃动，有老人，也有孩子。汽车很快就走过了那排"囚屋"，马路延伸进一片广阔的原野，然后在一两千米远的尽头与一条南北向的马路相接，南面通往昔日的城市，现在已经变成了高楼与巨树混杂的森林，北面穿过一条小河，一直通往中囚长官邸和病毒研究所。

江渺已经知道她将被这辆汽车带到病毒研究所，因此她的内心充满了无法言说的希冀与向往。汽车果然往北一拐就驶上了通往病毒研究所的林荫大道。当汽车驶上河上的小桥时，江渺心想，哈，梦中出现的那条小河真的存在呢，果然如梦境里那般弱柳扶风、波光粼粼，真是太神奇了！

十几分钟后，汽车在一座半球形建筑前停下来。离空招呼江渺下了车，然后跟车上的两个司仪道别。那车就驶向远处的小囚长官邸复命去了。

"这就是你以后工作的地方，我们进去吧。"离空说着就按下了门厅前的一个红色按钮。过渡室的门开了，离空牵着江渺走了进去。

江渺发现这个过渡室比家里那个大得多，应该可以同时容纳 20 个人在这里消毒。

"坐下吧，我们得在这里待上一小时。"离空说着坐下来。他见江渺坐下了，就接着说，"等一会儿你就要到你们家祖祖辈辈工作过的地方了，从你外婆的外婆开始，你家已经有四代人在这里战斗过，你是你家的第五代传人。我们所总共十七八个人，大多是你妈妈甚至你外婆的同事，我和所里的同事们都对你寄予厚望，我这个所长也只是挂个名而已，这么多年来毫无建树。等你有了孩子之后，我这个所长的位置就该交给你了。"

"不，离空叔叔，我可不想当什么所长，我对 SX 病毒几乎一无所知。"江渺有些害羞，赶忙拒绝离空的安排。随后她接着说："我现在最想做的事情就是想去找我外婆和哥哥，不知他们还在不在人世？"

"这个恐怕不会有啥结果，当时你外婆和哥哥我都派人去找过，没找到任何线索，现在已经几年过去了，应该是更难找了。"

"但我还是要去找找，不然我的心一刻也得不到安宁。不知离空叔叔能不能答应我这个请求？"

"没问题。等你见过了同事们，我就派司机开车跟着你去找找。"

"可是，这不会影响工作吗？"

"不要紧的，这么多年过去了，好像谁也没有在 SX 的研究上取得过实质性的进展，我们也不指望你一来就有什么大的突破。"

"谢谢离空叔叔。"

一小时不知不觉过去了，江渺随离空进入了研究所。所里的十几个同事已经站成队列，夹道欢迎江渺。接下来就是一一介绍同事，互相认识，安排位置，交代工作……

江渺对这个先辈们工作过的地方好像并不热心，她只是在自己的办公椅上象征性地坐了一下，就要求离空派司机带她去找她的亲人。

离空了解江渺的家事，也理解她的心情，就对身边的司机说："你带江渺姑娘出去转转吧，注意安全，带足氧气。在确保安全的前提下听江渺姑娘的。"

"好的，所长，我一定确保江渺姑娘的安全。"

江渺跟着司机走出这个半球形的建筑，上了一辆油漆斑驳的红色越野车，这车看上去年代久远，应该是病毒纪以前遗留下来的。

江渺坐在副驾位置上，感觉这车比来时的那辆车更平稳、更舒适。当车驶过一个山坳的时候，她正好可以把山下那个小平原的景致尽收眼底。只见在这个不到 10 平方千米的坪坝上，一排排的"囚屋"像小孩玩的积木似的排列着,横七竖八,星罗棋布,千篇一律地刷成了深灰色,显得死气沉沉、了无生气。在那些"积木"的边缘,有十几栋稍大的建筑散落在山脚下,有的被刷成了鲜艳的色彩,分外耀眼。

司机看上去20来岁,是一个善解人意的人,他告诉江渺,你看到的就是我们这个小囚的全貌,有几万人住在这里,那些大一些的建筑,有的是囚长的官邸,有的是工厂车间,是合成食品、生产日用品的地方。

江渺感慨:"想不到还有那么多活生生的人就生活在我的身边,我以为这世上就我一个人了呢。"

"是啊,当你独自一人在'囚屋'中的时候,会有这种感觉。我也一个人在'囚屋'中待了5年多,前年才出来的。"

"这么说你已经有20岁了?"

"是的,上个月才过了生日。"

"你叫什么名字。"

"我叫离尘,离空是我的叔叔。他现在是我唯一的亲人了。"

"唉,怎么我们都那么可怜?"

"对了，江渺姑娘，你还没告诉我去哪里呢。"

"到我家'囚屋'前去看看吧。"江渺不知怎么会突然冒出这个想法，显然是好奇心在驱使她，她家透明窗前的那片树林一直对她有一种神秘的诱惑。

不到 20 分钟，离尘就把车停在了江渺家的透明窗旁边。

江渺下了车，看了看透明窗里的那个家，又看了看外婆曾经堆雪人的那块空地 —— 那个憨笑的雪人早已化成了水，化成了蒸汽，只留下满地灰白的尘埃。江渺好像一下子悟到了什么，她径直向树林里走去。

她避开前面的荆棘，绕过几棵树，就看见在不远处，有一个穿着防护衣的人蜷着身子靠在一棵楠木树上。尽管有所预感，但江渺还是吃惊不小。

"外婆，是你吗？"江渺轻轻地喊出了声。

江渺站住了，在那一瞬间，关于外婆所有的记忆都一齐从她的脑海深处涌出来，像电脑信息拥塞似的差点让她的大脑"死机"，她慌忙扶住身边的一棵大树不让自己摔倒。

江渺静静地靠了好一会儿，才终于让自己平静下来。她不再迟疑，几步就走到那棵楠木树下，站在了外婆的面前。

外婆那件蓝色防护衣已经变得灰白，头盔上、肩膀上、蜷着的腿部腹部上都落满了树叶和尘土，头盔上的面罩向上打开着，里面露出一具白森森的头骨，正好有两只小虫从那两个空洞的眼眶中爬出来，像是出来迎接客人似的，但一见眼前一片耀眼的桃红，好像又被吓着似的连忙掉头钻了回去。

外婆的头骨虽然已经没有了眼睛，但很明显地感觉得到它是呈一种眺望的姿势。江渺俯下身，顺着外婆的眼眶眺望的方向望去——从那些荆棘和树丛的缝隙中，她清晰地看到了自家的透明窗和透明窗里的小饭桌！

外婆，想不到你一直在这里看着我啊！眼泪，终于像决堤一般，淹没了江渺的眼睛。

离尘也被眼前的情景震撼了，过了好久，他才小心翼翼地问道："这，这就是你的外婆？"

"是的，是我的外婆，她一直都没走，她一直在这里守望着我。"

"我们要不要把她老人家掩埋了？"

"不，不用，就让她在这里一直看着我，看着她的家。"

第 28 章　行险

江渺怀着沉痛的心情回到研究所，一直过了好多天都无法释怀。一方面，外婆以如此悲壮的方式离开，让她极其震撼；另一方面，外婆对她和哥哥爱得如此不舍，又让她感动不已。她决定去找哥哥，她不能再失去这世上唯一的亲人了。

于是，江渺以学习交流为名，向离空提出想到 D 市病毒研究所去看看的请求。

尽管离空有些迟疑，但还是经不住江渺的软磨硬泡，最终答应了她。

江渺终于踏上了去见哥哥的旅途。一路上，不断变换的景色让她惊呼不断。当他们的车开到一个蔚蓝的湖边时，她简直被眼前迷人的景色惊呆了，这是人间，还是梦境，抑或是一个真真切切的仙境!

江渺暗暗地憧憬着,如果 SX 不再肆虐人间,她一定要和高野在那湖边开满鲜花的草地上建一栋房子,然后就在那里相伴到老,哪里都不去。当然,让哥哥也住在那里,还有他的女人。

D 市是一个和 C 市差不多大小的小囚,那些"囚屋"散落在一条大河的北岸,沿着河边的狭长缓坡延伸到很远。有一座高耸的索桥与南岸相连,在南岸那片宽阔的冲积扇平原上,耸立着一座座楼宇连绵的城市,不过那是病毒纪以前的城市,马路上和高楼间都长满了参天大树,成了名副其实的"森林城市"。

江渺根据 D 市病毒研究所事先提供的资料,很快找到了那幢坐落在河边的蓝色房子。经过一个小时的消毒等待,江渺和离尘在一个秘书模样的女孩带领下,走进了一间狭小的办公室,3个人一进去,这办公室就显得很拥挤了。

"所长,这两位是 C 市派来交流的研究员,我给您带来了。"

那所长抬起头,江渺一下子愣住了,这不就是哥哥江浩吗,什么时候居然当上所长了?

更惊愕的应该是江浩,因为他丝毫都没想到这次派来交流学习的,竟然是自己的亲妹妹!他愣神了足足 5 秒钟,才站起身走过来向江渺伸出了手："欢迎欢迎，欢迎您远道而来指导我们的工作。"

江渺也迟疑了一下，才伸出手紧紧地握住了哥哥的手。

江浩的秘书见房间拥挤，就对离尘说："你是司机吧？请到我房间喝水休息，让所长他们交流吧。"

"好的。"离尘向江渺点点头，就跟着女孩儿出去了。

房间里只剩兄妹二人。这是一场离别近 4 年后的重逢，四目相对，竟一时无语。他们都有太多的话一齐涌向喉咙，涌得喉咙发哽，不知从哪一句说起。江渺终于承受不住这突如其来的幸福，扑到哥哥怀里呜呜地哭起来，一边哭一边向哥哥倾诉离别之苦。江浩紧紧地抱着妹妹，轻轻拍打着她的肩背，不停地安慰着她。等妹妹慢慢平息下来，他才把她扶到沙发上坐下来，为她倒了一杯热水，然后向她讲起自己这段有些传奇的经历 ——

江浩写完那封诀别信后，并没有马上离开。因为他舍不得妹妹，舍不得这个温暖的家。他半卧在床上，一点睡意也没有，他的脑海里正在进行着一场恶战：是去？是留？双方相持不下。这场恶战一直持续到透明窗外已经露出曙光，再过一会儿妹妹就可能醒来。江浩不能再等了，他心一横就飞快地把外公的防护衣穿上，然后悄悄摸到妹妹的床边看了妹妹一会儿，就头也不回地走出了这个家。

刚走出家门的江浩并没有感到获得自由后的欣喜，很快就有一种从未有过的恐惧攫取了他的心，他突然感到后怕，他怕妹妹经受不住打击有什么三长两短，他怕被行刑队的人发现后逮去处以"裸刑"，他怕两个小时后自带的氧气用完，他怕遇到那些经常在树林中隐藏着的阻击人类的豺狼虎豹……

江浩越想越恐惧，越想越惊慌，有好几次，他都想干脆回去算了，大不了让妹妹笑话一场。但他还是说服自己不能回去。

这时，天已经快亮了，江浩开始沿着"囚屋"西边的马路飞跑起来，他不知道已经跑错了方向，自己正在远离自己的城市，那条路是通往 D 市的路，对于他来讲是一条不归路，因为，等不到跑到 D 市，他防护衣内的氧气就会耗尽。这样，他就不得不打开面罩，去呼吸充斥着 SX 的空气了。

江浩一口气跑到那个迷人的镜湖边，朝阳的碎金刚好洒满湖面，他被如此瑰丽的美景惊呆了。

正当江浩被眼前的风景迷得如痴如醉的时候，一群毛色油亮的狼向他围了过来。江浩远远地看见它们来了，他认得它们，他在网上了解过有关它们的知识。江浩连思考的机会都没有，就沿着前面的马路飞跑起来。

狼群见江浩逃跑，也像一阵旋风一般追了过去。人们都知道狼的习性，它们一经锁定目标，绝不轻易放弃，不把猎物猎杀到手绝不罢休！

江浩越跑越慢，狼群越追越快，江浩与狼群之间的距离越来越近，眼看着那只头狼的嘴就要够着江浩的后腿了……

江浩心想，完了完了，彻底完蛋了，想不到我走出家门还不到一小时，就要成为这群恶狼的腹中之物了。再见了，妹妹！再见了，人世！江浩做完这最后的道别，就双腿一软，重重地跌倒在满是尘土的马路上……

等江浩清醒过来的时候，他发现自己并没有被狼吃掉，有一个男人正在把他往一辆货车的副驾座位上扶。就这样，江浩被一位好心的司机救到了 D 市。这位好心人当时正好开车从那里路过，汽车的轰鸣吓走了狼群。这位司机就成了江浩的父亲，因为他自己的儿子刚刚在上个月在家中暴病而亡，江浩就顶替他的儿子接受了很快到来的"成年礼"，然后就根据他的学之所长被安排到病毒研究所工作。

到病毒研究所后，江浩在病毒研究方面表现出来的天赋很快折服了全所研究人员，所长也于今年年初主动让贤，生生把江浩拉上了所长的位置。

江渺为哥哥能够死里逃生感到万分庆幸，她那颗一直悬着的心终于放了下来："哥哥，想不到你就差那么一点点就永远离开我了，想起来都后怕呀。真要是那样，我宁愿与你一起去死。"

"妹妹，你知道我现在最想要的是什么吗？"江浩有些神秘地看着妹妹。

"我怎么知道呢？是不是想给我找一个好嫂子呀？"

"当然，这个也是哥哥想要的，刚才那个女孩儿你看见了吧？她叫青梅，哥哥喜欢她呢，她也爱哥哥。可是，哥哥最想要的还不是这个。"

"那是什么呢？哥哥你就告诉我吧，别绕弯子了。"

"哥哥最想要的就是，就是你和高野能结为夫妻，今生今世都不再分离！"

"谢谢哥哥。"江渺突然有一种莫名的感动，"可是，这怎么可能呢？我们都得去参加抽婚仪式，那台婚配机主宰着我们的命运。"

"这一切要彻底改变了，这该死的病毒纪应该要结束了。"

"什么？哥哥你说什么？"江渺以为是自己听错了。

"妹妹，请你相信哥哥。"江浩很肯定地点点头说，"我感觉我已经抓到那扇成功之门的把手了。"

"真的吗？"

"我在这 3 年多以来，把所有的心思都用到研究 SX 病毒上。我非常赞同高野提出的'所有生命的发展进化都是为了一个共同的终极目标'的观点，基于这个观点和我们祖辈们从 SX 中破译出来的信息，我猜测 SX 并非要完全置人类于死地，而是想通过这种极端的方式，向人类发出有史以来最最严厉的警告，这种警告类似于一种'规则'。比如公元前 430 年雅典大瘟疫，中世纪的黑死病，第一次世界大战时的西班牙病毒，20 到 21 世纪的艾滋病、禽流感和埃博拉病毒，等等，本质上都是因为人类偏离了正常的发展轨道。而这一次，显然是上几代的人类把路走得太偏了，才导致了'规则'的强力反噬。我查阅过高野的父亲高若天关于 SX 的研究报告，他恰好也从'规则'方面着手进行过大量研究，我跟高前辈的想法几乎完全一致。既然是'规则'造成了对人类的打击，那么我们只能从'规则'入手，看如何改变这种'规则'。不过，我最近发现 SX 已经有突变的前兆，这个突变可能说来就来，是吉是凶难以预料。但我有一种隐隐的预感，我感觉到 SX 似乎对人类已经失去了耐性，也可以这样说，它一直在等着人类进行深刻的反思和彻底的改变，但我们一直没有很好地去做 —— 人与人之间的欺诈、倾轧、杀戮还没有停止，对自然的破坏和索取还在继续，有几个大囚联盟的核武库中还有大量的核弹没有销毁 —— 人类站在最危险的悬崖边仍未醒悟……鉴于以上原因，我已经写出一份报告直接呈交大囚长，希望能够引起足够重视，马上倡议各相关大囚联盟销毁核武器，及时联合全球所有大囚长代表人类向 SX 所代表的'规则'做出最深刻的检讨，以此深刻反省自人类诞生以来的贪婪索取、疯狂掠夺、穷奢极欲、同类相残、滥杀生命等行为，然后就如何顺应自然、寻求与万物和谐相处做出郑重承诺。只有这样，人类才有可能重新获得生存下去的机会。"

"哥，你真是太厉害了！"江渺对这个昔日同居一室的哥哥刮目相看，佩服得五体投地，"可是，我们怎样跟 SX 讲明白这些呢，它能听懂吗？还有 SX 若代表的是一种'规则'，那这'规则'又是谁制定的呢？"

"我正在研究把这些复杂的语义转化成蛋白质单元的办法，已经接近成功，所以跟 SX 对话已不是大问题。至于'规则'

是谁制定的，"江浩指了指外面的天空和大地，"'规则'应该是亿万年中自然生成的，地球生命从病毒、单细胞、多细胞……从海洋到陆地，用亿万年时间形成了一个生机勃勃的生态链，这个生态链类似于生物的基因链，不容破坏。打个比方，如果蜜蜂、苍蝇、蝴蝶等昆虫突然消失，那后果会怎样呢？"

"外婆给我们讲过，若昆虫全部消失，异花授粉植物便会因授粉不成功而逐渐成为弱势群体并最终被大自然淘汰，而没有了这些植物提供的能量，很多动物也可能遭遇灭顶之灾。这是一种恶性循环，仿若多米诺骨牌，一个环节出问题，会导致整个地球生态圈被破坏。"

"对，就是这个意思。我们的家族是研究病毒和基因的，你自然知道基因的繁复与精密，牵一发而动全身……这与地球生态链具有高度的相似性——所以你明白了吗，从本质上来讲，我们人类的灾难并不是SX造成的，而是因为我们自己——只有主动改变自己，化被动为主动，人类才有希望。"

"你的意思是问题出在我们身上？"

"对，关键不是SX如何变化，而是我们人类该如何定位自己在这个星球上的位置。"

"我大致明白你的意思了，但还不太懂，不过你竟然能把基因链与生态链联系到一起，这很了不起。"江渺赞叹道，然后又问，"那你给大囚长的报告得到回复了吗？"

"还没有。"说到这里，江浩的情绪有些低落。

"怎么会这样呢？那些大佬们，他们难道不怕毁了我们人类吗？"江渺也突然感到很难过。

"他们可能根本就不相信我的理论。"

"这怎么办？要是他们一直这样不以为然可就完蛋了。"

"我想办法吧。"江浩咬了咬牙。

后来，江渺和哥哥又谈到了高野，谈到了外婆，谈到了刚刚走出"囚屋"的新奇……一直谈到吃过午饭，太阳偏西，江渺才告别哥哥，依依不舍地踏上了回 C 市的归途。

在归途中，夕阳斜照，满眼金黄的色彩，一切都是那么惬意和舒爽。

当车子开到那个碧玉般蔚蓝的镜湖边时，江渺情不自禁地产生了要到湖边草地上去走一走的欲望。离尘理解她此时的心情，就把车停在了湖边。

可是，这次停车却让他犯了一个致命的错误。当玩够了的江渺心满意足地回到车上，离尘才发现发动机打不着火了。他反复试了多次，还是打不着，他急坏了。要知道，由于江渺玩儿的时间太长，他们已经耗费了一个多小时，防护衣内剩余的氧气只够他们呼吸半个小时了。要是车不出故障，他们只需六七分钟就可以开回研究所，但要是步行，即便是跑步，至少得花 40 分钟。

离尘开始还好，并未过分慌张，他先是屈着身子爬到方向盘下面把两根点火线拔出来直接相碰，顿时有噼啪的火花闪烁，但发动机还是没有反应 —— 电瓶有电，这说明故障多半出在发动机上，而发动机故障，在这样的荒郊野外，要想在很短的时间内修好是很难办到的。

离尘这才慌了，只能行险用最后一招 —— 他的车正好停在一个缓坡前，他想挂上空挡让车子后退，待车子迅速后退时再挂上倒挡把发动机带燃。离尘打开驾驶室车门，然后用力推动车头，车子越倒越快，离尘趁机跳进驾驶室，踩离合挂倒挡，在车子接近坡底、速度达到最快时，猛然一松离合，车子猛然一顿，很快停下。发动机依然没能起动。

离尘绝望了。因为他明白，尽管车上还有两袋备用氧气，但那台随车带来的射线嵌接辅助器已经坏了，没有射线的照射，接上新的氧气袋也是白搭，因为 SX 会趁机钻进输气管的。

江渺还不知道他俩已经身陷绝境，还在一旁兴致勃勃地欣赏那漫天的红霞。但这时，离尘绝望的咆哮却传进了她的面罩。

"哎，你号什么呢？我哥哥不是给了我们两袋备用氧气吗？换上不就得了？"江渺颇不以为然。

"可是，我们随车的射线嵌接辅助仪坏了，我们没法更换氧气袋。"离尘懊恼。

"那还愣着干什么？我们赶快跑吧。"江渺这才感到了问题的严重，心里顿时涌起一阵莫大的恐惧。

"那也没用，没等我们跑到一半，氧气就耗尽了。"

"那你快想办法呀，赶快通知研究所派人来接我们。"

"我们没有无线通信设备，只有小囚长以上的官员才有资格配备这东西。"

"该死！"江渺狠狠地骂了一声，"你是说我们已经没有办法了，只有在这里等死了？"

"基本上是这样了吧，除非突然开来一辆路过的车。"离尘懊恼中急得直捶汽车。

"你捶汽车有什么用？快想想看，还有没有办法？"江渺反而冷静下来。

"没有了，等死吧……"

"可我不想死啊……"江渺绝望。

这时，天边的晚霞渐渐暗淡下来，周围的树都不见动，几乎感觉不到空气的流动。那条从 D 市延伸过来的马路被白天的太阳晒得发白，显得空荡荡的，马路的另一头绕着湖边转了个大弯，又顺着前面的缓坡往上延伸，最后消失在山坳的另一边。马路在山那边开始绕着半山的缓坡盘旋下降，最后和 C 市"囚屋"前那条东西走向的马路连在一起。就是这段离尘在头脑里连哪里有个弯儿、哪里有个坡都能再现得清清楚楚的公路，尽管还不到五千米，但此时对于他们来说，无异于十万八千里，要想走完它，几乎比登天还要难。

江渺感到防护衣内异常闷热，绝望中她恨不得马上脱掉它，一头栽进清凉的湖水里。她知道留给他们的时间已经不多，再过二十几分钟，他们只能打开面罩，脱掉防护衣，去呼吸充满 SX 病毒的空气了。那样的话，她将和离尘一起，被带到疗养院去享受最后 5 天的自由生活。可是，高野怎么办？哥哥怎么办？他们该有多么悲痛啊！唉，病毒纪的人命就是这么贱吗？一个小小的失误就会丢掉性命。唉，反正活着也是受罪，倒不如早点离开这个无聊的世界。

江渺似乎已经想通了，她竟然在面罩内轻轻哼起她自己创作的歌来。

听见歌声，离尘狂躁的心神逐渐安定下来。他开始静静地听江渺唱歌。听着听着，也跟着轻轻哼唱起来。

离尘一边哼着歌，一边打开了汽车的油箱，然后把一根顶端绑着棉布的树枝伸进去，让那一大团棉布浸满了汽油。然后他停止唱歌，把树枝递给江渺："你帮我拿好，我要把它点燃。"说着把方向盘下面的两根点火线拉出来，对着浸油的棉布噼啪一碰，轰 —— 火把一下子燃起来。

"江渺，快把你右边腋下的拉丝拉开，把里面的接气管拉出来。"离尘一边说一边打开尾箱，把一袋氧气拿出来。

江渺一下明白了离尘的用意，但还是有些不解地问："不是没有射线嵌接仪吗？接上也没有啥用啊。"

"快！赶快拉出来，不然就来不及了。"离尘不容分说地拉开了江渺腋下的拉丝，一下把里面的一根管子拉出来，足足拉了半米长。

离尘接着把那个新氧气袋夹在自己的腋下，然后把氧气袋的接管和江渺身上的接管并在一起说："你把火把握好了，不能太高，也不能太低，对，就这样刚刚好，千万别动。好了，我马上要在火焰的灼烧中拧掉两根接管的密封旋钮，然后在火中让接管对接，这样 SX 就没有机会进入接管了，你就可以呼吸到安全的氧气了。"

"这管用吗？"江渺还是有些担忧。

"管用，SX 超过 200 摄氏度就会立即死掉，这火把的火焰有四五百摄氏度，你只管把火把握好就行。"

"可是，你那手套怎么经得住那么高的温度？江渺害怕离尘的手套会被烧穿。

"不用担心，只要足够快就没事儿。你赶快握好了，我开始了啊。"离尘说话的当口，已经一手把并着的接管放入火焰之中，另一只手飞快地拧下了两根接管的旋钮，然后顺势把一根接管掉了个头就对准另一根接管拧起来。也许是离尘太着急，抑或是两根接管的丝口不太顺滑，总之他在拧第一次的时候没有成功，导致离尘慌乱了一秒钟，随后他强迫自己镇静下来，又稍稍调整了一下角度，这次很顺利，三两下就把接口拧紧了。

"好了，把火把拿开！"离尘命令道。

江渺把火把拿开了，可是离尘防护衣的手套上却蹿出了火苗，他赶紧双手拍打弄熄了它，但左手套已经被烧了一个洞，他那被烤得通红的食指露了出来。

离尘没去理会，他把氧气袋从腋下取出来，然后拧开了袋口的气阀，平静地说："你有足够的氧气走回研究所了。"

"可是你……你……"江渺哽咽着说不出话。

"不用管我，只要你没事就好。"离尘抬手看了看手套上的洞，然后啪啪啪3下按开了头盔的面罩，随即三两下脱掉了防护衣。

于是，一个活生生的血肉之躯就站在江渺面前。

离尘面庞俊秀，长发飘逸，穿着一件淡蓝T恤，一条灰色长裤，要是放在病毒纪以前，一定是好多姑娘暗恋的对象。

看着在火光的映照下愈显英俊的离尘，江渺心如刀割，她真想也像离尘那样三两下脱掉防护衣，然后陪他一起去疗养院，陪他走完此生中的最后5天。

"你不用自责，也不用伤心。能够在最后时刻想到救你的办法，是我此生最大的荣幸，也是我此生中做得最有价值的一件事，我对得起我的父母和离空叔叔了，总算没有白活一世。"离尘边说边用树枝和棉布又做了 3 个火把，然后把每个火把都蘸满了汽油。

好了，我们该走了。有了这些火把，我们就不怕那些野兽了。

江渺的心里已经被太多的感动和太多的悲伤灌满，她深一脚浅一脚地跟在离尘身后，默默地走着，一直走回研究所都没再说一句话。

第 29 章　救命草

离尘把江渺送回研究所，自己主动联系了"疗养院"。江渺眼睁睁看着自己的救命恩人被带走。

SX 变异速度加快，人类现有的防护系统随时都有被攻破的危险，苟延残喘的人类再度岌岌可危，连江渺这样的新手都不得不加入与病毒赛跑的紧张战斗中，因此在网上和江浩的交流多了起来，而与高野幽会的时间却大大压缩。

随着对 SX 病毒了解的深入，江渺越来越认同哥哥关于 SX 的理论，她一直期待哥哥向大囚长提交的报告尽快被采纳并执行。今天中午，哥哥又告诉了她一个令人不安的消息：SX 病毒的基因螺旋链开始呈渐进式突变。这一轮突变是从几天前开始的，估计用时不会超过一个月。这轮突变还有一个显著特点，即从螺旋基因链的一端开始，让整个链条改头换面，这跟以往那种个别基因单元的变异完全不同。也就是说，这次变异将导致 SX 病毒特性彻底改变，我们现有的防护、杀灭手段都将完全失效。这次突变的目的不言自明，那就是彻底删除人类，还地球一片净土！

江渺把哥哥的最新发现报告了离空，希望通过他，把这个发现报上去，以期尽快引起全球各大囚长的重视，然后尽快草拟完成《敬告 SX——忏悔与自新》，从而达成与 SX 的和解。

《敬告 SX——忏悔与自新》是江浩的报告中所阐明的与 SX 的和解方式，是离尘出事那天全球各大囚长会上公布的一个重大议题，至于忏悔什么、怎样自新，等等，尚不见下文。转眼 5 天过去，离尘的"第五天"到了，大囚长们还在为忏悔的内容和自新的步骤争论不休。病毒纪的官僚机构以效率低下著称，80 多年只以 SX 为敌抵消了人类其他方面的危机感，因此让人类养成了慢条斯理、不急不躁的好习惯。

江渺坐在工作台前，显得有些心绪不宁。是哥哥的消息让她担忧吗？不完全是。是怕去跟离尘道别吗？也不完全是。那又是什么呢？是不是还有什么不祥的事情将要发生？不会吧，应该是昨晚没怎么睡好才这样的。

江渺正打算下班，然后随离空去"疗养院"跟离尘道别，不想一个邮件提示框弹了出来。会是谁的呢，是哥哥还是高野？

江渺点开对话框，一看信是高野的妹妹高兮写来的，信中的主要内容是："高野未行成年礼擅出'囚屋'，即将被处裸刑"！

江渺顿时蒙了，脑中只剩一个念头：救救高野！救救高野！救救高野……

江渺很快清醒过来，第一反应是向哥哥求援，央求他通过大囚长的关系与海滨大囚长联系，求他网开一面，赦免高野。再不济，也要乞求他把刑期延至一个月之后，到那时，也许与SX之间的和解已经达成，高野即使受刑也无性命之虞了。

江渺又想到了离空，离空与海滨H市病毒所所长有交情，她央求离空通过这层关系向海滨大囚执法部门表达如下观点：高野是高风的第五代传人，是病毒研究天才，处决他会影响与病毒对话的进程，于人类生存不利；留下他则可将功赎罪，与病毒对话需要他这样的天才。

江渺接着又向高野妹妹的邮箱连发三封邮件，都是一些教她如何动用所有长辈关系全力拯救哥哥的主意。

做完这一切，江渺立即向所长离空告假，乞求他批准她前往海滨去探望高野。

离空却对她说："我没有这个权力，所有人要走出所属的大区都必须经过大囚长官邸审批，整个程序走下来至少需要一个月。"

"特事特办都不行吗？"江渺急得眼睛都红了。

离空两手一摊："没办法，病毒纪的办事效率就这个样子，除非你老子是大囚长。"

离空的话让江渺想到了爷爷，爷爷不也是大囚长吗？爷爷还不是同样被执行了裸刑？唉，人，甚至整个人类都太渺小，是无力跟命运抗衡的。就像自己的母亲，她以失去生命为代价，去换取一生中唯一一次与高若天的晤面，结果阴差阳错，命运跟她开了个玩笑，等她赶去，高若天已经死了。

虽这么想着，但江渺还是希望出现奇迹，希望通过努力让高野渡过难关。但奇迹终归没有出现，当天晚上，江浩和离空都带来消息，高野已经于下午被执行裸刑。

尽管江渺有心理准备，但她还是承受不住这个突如其来的打击，一病不起，连续数天高烧不退，烧得直说胡话，四肢抽搐。离空为此赶紧请来最好的医生，让他们驻扎在研究所里为她医治。

几天精心治疗之后，江渺已无大碍，离空便对她说："所里条件比较差，也比较吵闹，要不放你几天假，回家静养吧。"

江渺求之不得，她是怕同事们说她矫情才没好意思向所长开口。她已经心灰意懒，SX 病毒好像与她已没有关系了。她只想回到家里，好好去回味他与高野山盟海誓的那段日子。

"好吧，那我回家。"她说。

"我马上送你，要不要我派个人去照顾你？"

"不用了，我不能再给你添麻烦，我能自己照顾自己的。"

"好，我们这就走，晚了不安全。你回家后要当心，有事就打电话。"

"好的。"

江渺又回到了离开一个多月的家。

一踏进那个安放着小饭桌的客厅，那些往事又像潮水般涌上心头。

有哥哥的笑声，有外婆的教诲，有妈妈的叮咛，有爸爸的微笑……还有自己从小到大的成长经历，那些好玩儿好笑的事，那些无尽的寂寞和无尽的恐惧……还有高野，高野的款款深情，高野的喜怒哀乐,高野的鼓励和安慰……

江渺回到家做的第一件事就是祭奠高野。

她知道该怎样做,她曾看到过外婆祭奠外公、父亲以及母亲。她从外婆的房间里找来蜡烛,然后又从冰柜里取出一些合成食品装在碗里,家里没有酒,她就用消毒酒精兑了点水代替。她把食物和"酒"摆在小饭桌上,再取一个碗一双筷子摆在桌子上,紧接着又取了一个碗一双筷子摆上,因为她想到外婆还在对面的树林里。最后,她就点燃两支蜡烛立在饭桌前的地板上。

烛火把整个屋子照亮。江渺对着小饭桌跪在地上,她以为自己会有好多眼泪流出来,可一滴泪也没有。她伤心到哭不出了,于是对着外婆所在的方向和心中认定的高野的方向分别做了三个揖,就站起来,走到安放电脑的角落,拔掉了那根连接电脑和电话的网线,然后默默走进自己的小屋,和衣躺在了床上……

江浩从 C 市病毒所得知了妹妹病重的消息,赶紧找了个到 C市交流的借口带上青梅开车往 C 市一路飞驰。一小时后,他把车开到了自家的"囚屋"前。他心里急,想到要在过渡室中待上一小时就难受得要命,便先跑到透明窗前看了看 —— 客厅里一片死寂,小饭桌上摆着碗筷和酒杯，碗里的食物已经发霉。情况不妙，他赶紧绕到过渡室外门去按那个开启按钮。正要按下，他却停住了，决定先看看里面的情况再说。他把眼睛靠近外门上的观察孔，不想却看到过渡室通往客厅的玻璃门敞开着，江渺一身素衣，正以一种匍匐的姿势趴在过渡室中，是那种奋力爬起来，想够着外门按钮的姿势——她是想打开外门，以这样的方式结束自己的生命。

江浩赶忙收回已经放在按钮上的食指，使劲拍打外门大喊："妹妹！妹妹！你快醒醒！你快醒醒！"

任凭江浩怎样喊叫，趴在地上的江渺毫无反应。

青梅见江浩如此着急，知道事情不妙，赶紧跑过去问是怎么回事。当看到过渡室中的情景后也惊得不轻："天啊，她已经打开了过渡室的门，我们一开外门，SX就进去了，怎么办？"

江浩没办法，只得开车直奔病毒研究所去搬救兵。离空闻讯后一边自责，一边带着他们赶到了中因长官邸。中因长得知情况后，立即命令救援分队派人前往营救。

救援分队一行六人，其中包括一男一女两名医生。他们等车一停下，就纷纷下车，各司其职，分头行动。很快，其中两人把一台射线仪安装在外门顶端的门楣上。这台仪器的射线照射口是一个狭长的长方形，宽度略宽于外门框，并紧贴外门门楣垂直朝下，这样就能确保在射线仪开启照射的状态下，即使外门一直敞开，SX 病毒也无法活着钻进过渡室。剩下的一名男队员和两名医生都穿好了抗辐射服，站在外门前待命。抗辐射服是专为抵抗强辐射而设计的，人穿在身上既可以保证人体不受伤害，又能将附着在表面的 SX 病毒杀灭。当然，这种衣服也有一个致命弱点，那就是只能临时穿在防护衣外面，隔热能力虽强，但没有内循环系统，因此一般人穿上 10 分钟就会热得受不了，超过两小时，就会被自己释放的热量热死。

一切准备工作就绪，救援队负责人下达指令："监测员就位！"

一个穿得比成年黑熊还要臃肿的男队员手持仪器走到射线生发器下面。

"开启射线照射仪！"

表示射线照射仪开启的红灯闪烁起来。监测员立即把手里的仪器平行扫过紧贴过渡室外门的射线流 —— 仪器上那个小荧屏的读数由三位数一下子变成了零。监测员立即报告监测结果："报告队长，病毒指数为零，可以开启外门！"

"医生就位，开启外门，监测室内病毒指数！"

监测员抬手按下了外门边上的红按钮，外门缓缓打开，他随即把手中的仪器伸进过渡室："报告队长，室内空气病毒指数为零，可以实施援救！"

医生进入过渡室，马上实施援救！随着这第四道命令，两名穿得像深海潜水员似的医生提着医药箱走进了过渡室。

终于，那道过渡室的门又缓缓打开，两名潜水员似的医生跑了出来，其他 3 名队员赶忙拥上前去，七手八脚地为他们脱掉套在防护衣外面的抗辐射服。两名医生这才如释重负地瘫倒在地，大口大口地喘着粗气。江浩趁着外门打开的当口向里面张望，发现过渡室里已经空空如也，那道通往客厅的玻璃门也关闭了。

过了一阵，缓过气来的男医生才把江渺的情况告诉了大家。他说，要是他们晚到一小时，江渺可能就救不活了。她显然好多天没有进食，身体已经极度虚弱，有些器官也出现了衰竭的前兆。他们为她注射了特效药，还挂上了营养液，估计几小时后就会苏醒过来。

大家悬着的心总算落了地。

救援队为江浩、离空等 3 人更换了氧气袋，还把女医生——其实就是那位曾经为江渺外婆看病的马医生留给了他们，然后就开着救援车回去复命了。

江浩、离空等 4 人在过渡室中消完毒，终于走进"囚屋"，来到江渺床前。

江浩坐到妹妹床边，只看了妹妹一眼，就落泪了。

江渺已经瘦得不成人样儿，原本红润的脸颊这时已瘦得像一个蒙着皮的骷髅，那双如笋尖儿般好看的纤纤玉手也变成了几根枯枝！

"妹妹，你怎么会变成这样了？你怎么可以如此糟践自己啊！"江浩心痛得直摇头。

"让她睡吧，等营养液起作用了，她自然就会醒的。"马医生善意地提醒他。

"对，我们听马医生的，她会好起来的。"青梅也提醒他。

"好吧，我等。"

可是江浩还没有等到妹妹醒来，C 市行刑队的执法人员就来了。他们以江浩在成年礼前擅自走出"囚屋"的罪名逮捕了他，并且要对他立即实施裸刑。离空自然知道江浩的真实身份，但他更清楚江浩身上所肩负的神圣使命。他想阻止行刑队的愚蠢举动，但费尽口舌行刑队都不买账，只是答应先将其带到中囚长官邸，听凭中囚长发落。离空只能眼睁睁看着江浩被他们带走。

临行前，江浩恳求离空和马医生，恳求他们一定要救活江渺。他还让青梅留了下来，让她代替他照顾妹妹。

第 30 章　绝杀令

　　江渺苏醒过来，看到一个似曾相识的女子坐在床边，不禁吃了一惊。"你是谁？怎么会在这里？"

　　"我叫青梅，是你哥哥的秘书，你见过我的，在我们那里。"

　　"哦，我哥哥呢？"

　　"你哥哥，他……他……"

　　"他怎么了？他是不是很忙，那个 SX 让他脱不开身？"

　　"是。你好好休养，他很快就会来看你的。"青梅说着把脸别向一边，不敢看江渺的眼神。

　　"你是怎么来的？你怎么知道我住在这里？"江渺感觉到青梅在撒谎，追问道。

"我……我是跟着马医生来的，你不信可以问她。"青梅见马医生进来，赶忙把江渺的注意力引向马医生，她希望马医生来替她解围。

"是吗，马阿姨？"

马医生肯定地点点头。

"可你又是跟谁来的呢？你又是怎么进来的呢？我记得我没有打开外门。"江渺还是一脸的疑惑。

"我……我……我是碰巧从这里路过，看见你晕倒在过渡室里。所以就……"

"没有那么巧吧？青梅也碰巧路过这里吗？"江渺越来越感到她们有什么事情在瞒着她，"你们别瞒我了，我知道一定是哥哥知道我病了来看我，这才发现我晕倒的，是哥哥叫你们来的，对不对？我哥哥呢？我要见到哥哥！"

青梅见瞒不过江渺，只好把哥哥因救她被抓，即将被执行裸刑的事告诉了她。

江渺那颗虚弱的心为之一震，冷笑了一声："我看他们都不想活了，我哥若死了，谁来对付SX！"江渺一骨碌爬来，就要下床去穿防护衣。

青梅一把拦住她："你别急，我们一起慢慢想办法。有了办法我就去，你养病要紧。"

"我还养啥病？哥哥没了，一切都完了。快让我出去，不然一切都来不及了。"

"可是，你的身体还很虚弱呀，你现在走出去怎么吃得消？作为医生，我必须对我的病人负责。"

"但谁对全人类的存亡负责？你负得起吗？哥哥已经掌握了与 SX 对话的技术，离开了他，人类就无法与 SX 和解。我必须马上去救哥哥，快放我出去！"

"不行！你这个样子更不能让你出去。"马医生以为江渺在说胡话，更坚决地阻拦她。

"你们真糊涂啊！你们会误了大事的。"江渺急得哭了起来。

青梅总算意识到了问题的严重，她马上把马医生叫到一边商量了几句。

"好吧，你稍安勿躁，我先给你注射一支能量蛋白。"马医生取出一根大号针管和一瓶淡黄色药剂。

江渺一边接受注射，一边把研究所的电话号码告诉青梅，要她打电话给离空所长，请求他赶快派辆车来接她去见大囡长。

青梅急匆匆跑出房间，又急匆匆跑进来："电话没信号，打不通！"

江渺这才想起，她那天一心向死，已经把网线拔掉了。"你把电脑墙角的网线插上，打得通的。"

20 分钟后，江渺身着一身桃红色防护衣，在马医生和青梅的搀扶下上了离空亲自开来的车。

离空一边开车，一边向江渺介绍了江浩的最新情况。他忧心忡忡地说："你哥哥现在被关押在中囚长官邸，我已到中囚长那里陈述过不能处死你哥的理由。我来之前从中囚长秘书那里得到消息，现在中囚长官邸正在就处不处死你哥哥进行辩论，已经形成了针锋相对的两派，一派要求必须维护法律的威严，立即处死你哥哥；另一派认为既然你哥哥拥有与 SX 沟通的能力，能够带领人类走出 SX 危机，那就应该放过你哥哥 —— 人类没有理由自断生路。"

"那中囚长是什么态度呢？"江渺急切地问。

"他是一个心地善良的老好人，没有主见是他最大的弱点。这也是我最担心的地方。"

"那该怎么办？"青梅也着急起来。

离空想了想，答道："我们先到中囚长官邸，由江渺姑娘亲自去向中囚长阐明处死江浩的可怕后果，让他们站在事关人类存亡的高度来权衡这件事情。"

"好吧，也只能这么办了。"江渺幽幽地说。

当他们的车开进中囚长官邸前的小广场时，已经有穿着各色防护衣的人聚集在那里。他们中的一些人一手举着木牌，一手振臂呼着口号，显得群情激奋。一队荷枪实弹的警卫，在官邸过渡室前的台阶上一字排开，让那些闹事者无法接近过渡室。

离空把他的音频接收系统调至广频，立即就有巨大的吵嚷声传入耳中，他听出这些闹事者居然也分成了两派，有的呼吁立即释放江浩，有的要挟立即处死江浩，不然就要冲入官邸……

果然，随后就有一大群闹事者一齐涌向过渡室，把那些持枪的警卫冲得东倒西歪。不知是谁按下了过渡室的外门按钮，过渡室的外门正在缓缓打开。眼看着激愤的人群就要冲进过渡室，不顾后果地去打开通往官邸的过渡门，让充满病毒的空气弥漫整个官邸……啪啪，几声沉闷的枪响，冲在前面的几个人应声倒下。跟在后面的人见势不妙，抱头鼠窜。

"不行，我们在这里根本救不了哥哥，我们得去找大囚长。"江渺提议。

"好吧，听说现任大囚长曾经是你外公的下级，应该对你哥哥网开一面的。"离空说着掉转车头向不远处的大囚长官邸开去。

由于 C 市处于这块陆地的中心位置，战略位置重要，物产也很丰饶，因此小囚长、中囚长、大囚长官邸都设在这里，就跟古代的一些城市同时是县衙、州府、道府的治所的情况差不多。

他们的车很快开进大囚长官邸前的广场，这个广场要比中囚长广场大得多，没见一个人影，空荡荡的。

离空一行下了车，来到过渡室的大门前。离空按响了门铃，接着就看见旁边的一个小视屏亮了，有一个人头在里面说话："请通报姓名、身份和事由。"

"本人离空，本市病毒研究所所长，还有江渺，前任所长江春蓝的女儿、本所研究员，我等有要事前来，事关人类生死存亡，恳请面见大囚长。"

"好吧，我这就报告大囚长。"

他们在外面焦急地等了几十分钟，那个小视屏才重新亮起，跳出来的还是那个头像："大囚长同意了，你们尽快进入过渡室。"

离空和江渺一行进入过渡室，消毒程序立即开启。

想到还要等一个小时才能见到大囚长，江渺心急如焚。

马医生见江渺太心急，非常担忧这样的煎熬会过快耗尽她身体的能量，就坐到她身边把她搂到怀里安慰说："你得把情绪稳定下来，不然还没见到大囚长，你的身体就撑不住了。安静，别多想，闭上眼睛，调匀呼吸……"

江渺逐渐安静下来，感觉马医生的怀抱就像妈妈的怀抱一样温暖，慢慢睡着了。

等她再醒来的时候，发现自己躺在一张舒适的沙发上，头靠在马医生柔软的腿上，离空和青梅坐在另一张沙发上，而对面的沙发上则坐着一位老者，他正在倾听离空陈述江浩的情况。

江渺一下子明白过来，他们已经在大囚长的官邸里了，她赶紧翻身坐了起来。

"是我们把你吵醒了吧？"大囚长慈祥地笑着问。

"没有，都怪我太困了，没想到睡在您的沙发上，失礼了。您就是大囚长先生吧？"

"是的，我是。你不用客气，你外公曾经是我的上级，他是一个好人，我对他的结局深感惋惜。"

江渺知道大囚长指的是她外公为了让她母亲能够与高若天结合而采用非常手段得到大囚长位置的事。

"好吧，既然您这么说，我就不客气了。我恳请大囚长看在我那死去的外公和外婆的分上，饶了我哥。我哥是因为我才选择提前离开'囚屋'的。他这三四年来一心都在研究 SX 病毒、为全人类解忧脱困这件大事上，并且已经取得了关键性的进展——他已经掌握了针对 SX 病毒的信息转录技术，也就是说，他可以充当我们人类与 SX 病毒和解的使者，可以代人类与 SX 进行交流——于公于私，现在都不应该处死我哥。即便要处死他，也要等到他完成使命，拯救了人类再说。"

大囚长没想到江渺一口气说了这么多，又说得很在理，就以一种爱惜的口吻说："我何尝不是这样想的呢？江浩是一位非常优秀的青年，是我们人类未来的精英，失去他将是我们人类的一大损失。可是法律面前人人平等，犯了法就应该受到应有的惩罚。特别是刚刚发生的流血事件，已经在人们中引起了很大的激愤，要求立即处死江浩的呼声越来越高了！"

"可是，您有赦免任何罪犯的特权啊。"离空提醒大囚长。

"我是有这个特权，但我从来也没有考虑要使用它。因为当权者必须考虑人心向背，如果不顾民心，再坚固的政权都有被颠覆的危险。"

"报告大囚长，C 市中囚长电话，说有要紧事情报告。"一个漂亮女孩儿跑过来报告道。

"好吧，我先接个电话。"大囚长走进他的办公室，带上了房门。

几个人都感到事情不妙，皆面显紧张之色。

没过几分钟，大囚长一脸严峻地走了出来。他一下瘫坐沙发上，沉默了好一会儿，才说："事情很难好转，那些人已经围困了机场和电站。他们扬言，若不处决江浩，他们就要炸毁机场，停水断电。"

"断电，这不是更严重的违法吗？他们怎么可以打着维护法纪的旗号做违法的勾当呢！他们居心何在？"离空激动得差点跳了起来。

"是啊，这是最严重的违法事件！"青梅补充说，"因为我们的所有隔离系统都要靠电力来维持，而我们大区的备用电源系统顶多只能维持 15 小时。"

"他们至于那样做吗？难道仅仅是为了要置我哥哥于死地？"江渺感到欲哭无泪。

"这是有人借题发挥，目的不在你哥，是冲我来的⋯⋯唉！"大囚长说完无可奈何地摇摇头。

"那您打算怎么办？"江渺问。

"再等等吧，看临近几个大区的研究人员对你哥哥的理论反应如何。如果他们都持肯定态度，那就比较好办，我就可以动用我的特权暂时赦免你哥，让他全力以赴去与 SX'和解'。"

"如果他们迟迟没有反应呢？"江渺继续追问。

"那就不好办了⋯⋯"

从大囚长官邸出来，江渺沮丧极了。离空开车把她送回"囚屋"，让青梅和马医生留下来继续照顾她。

3 个人回到"囚屋"，天已经完全黑了，房间的照明系统已经停电，只有隔离系统还在工作。显然，那些人说到做到，真的在以断电进行要挟。江渺和青梅的心情因此越发沉重。

青梅找来蜡烛点燃，又从冰柜里拿出一些合成食品，在燃气灶上加热后，端上桌叫大家吃饭。江渺没胃口，只吃了几口就停下了。马医生没办法，只好又给她注射了一支加进维生素的能量蛋白。靠着药物支撑，江渺又习惯性地坐到电脑前。家里的备用电力系统是向电脑供电的，江渺打开电脑，她心里还是挂念着高野，她想看一下高野的妹妹有没有发来有关高野的新消息。

按上次高兮来信的日期推算，高野被执行裸刑已经超过 6 天 —— 高野应该不在人世了！

但让人想不到的是，当江渺打开邮箱却意外地收到了一封高野的来信，是一封落地邮件，意即前几天发来但已被自动保存在电脑上的那种。江渺愣了一下，心跳加速，手指颤抖着犹豫良久，才鼓起勇气将那封邮件打开：

江渺我爱：

当你看到这封信的时候千万不要被吓着了。我是高野，我还好好地活着，现在正坐在海滨大囚长官邸里给你写信，希望你不要因为这个意外的惊喜而晕倒。我已经死过一回，如果再死，你也不会有多少悲伤。你一定奇怪我为什么没死，其实非常简单，我那当中囚长的叔叔使了个偷梁换柱之计，把我悄悄送到了海滨大囚长这里。滨海大囚长以让我做他上门女婿为条件救了我的命。大囚长的女儿玛雅还算漂亮，但太过刁蛮任性，整天缠得我心烦。

我知道看到这里你心里一定不好过，但我起誓，我暂居于此，只是权宜之计，我的最大目标是实现与 SX 病毒的最终"和解"，这样我才有机会以自由之身奔向你。我已经利用官邸的条件和玛雅的帮助，在短短几天内就找到了打开 SX 基因链的钥匙，与此同时，我还论证了 C 市病毒研究所所长江浩关于 SX 理论的正确性。江浩是一个了不起的病毒研究专家，只要我和他联手，人类与 SX 的"和解"成功的概率会更大。

不过，SX 留给我们的日子已经不多，我从它新近变异的蛋白质单元中破译出这样的信息：人类无药可救机会已经错失。

这看上去非常可怕，无意于一封绝杀令，但我知道，只要 SX 的变异没有完成，我们就还有机会，不过这可能是最后一次机会了，我们必须尽快把握！

好了，玛雅捣乱来了，就先说这么多吧。

哈哈，高野居然还活着！江渺高兴得跳了起来。但随即想到哥哥的处境，内心瞬间又被阴霾覆盖。她得马上把这个消息告诉离空，让他把这个消息转告中囚长和大囚长，让他们立即释放江浩，好让江浩与高野联手攻关……

江渺抓起电话一阵噼里啪啦，但听筒里一片死寂。她这才知道，电话线路已经遭到了破坏。

没办法，江渺决定步行到研究所去传递消息。青梅和马医生拦住了她，她们劝江渺在家好好养足精神，跑路的事交给她们好了。

青梅和马医生说走就走，很快被黑暗吞没。

第 31 章　旭日升

时间一分一秒过去，江渺在"囚屋"中等待着青梅她们的消息。她希望高野此前发的那个邮件上的信息对赦免江浩产生有利影响，也许高野已经把他的研究同时传给了 D 市和 C 市两个研究所的官方邮箱，这样，两个研究所就会以官方的名义出面为江浩开脱，江浩获得赦免的胜算就大大增加了。

可是，青梅和马医生出去几个小时了，一直不见回来。他们找到离空了吗？他们该不会出什么意外吧？那些人连这保命的电都敢断，还有什么事情是他们不敢做的？

江渺躺在屋里，蜡烛已经燃尽，周围黑黢黢的，只有墙角顶上的那个小圆洞还在发出紫色的光亮，像一只幽灵的眼睛。要是自备电源耗尽之时还不来电，"囚屋"的隔离系统就不攻自破了，到那时，SX 就会顺着"囚屋"中的那几个小圆洞长驱直入，屋内的人就会完全暴露在弥漫着 SX 的空气中。

想着这些，阵阵倦意袭来，江渺不知不觉间睡着了。好像还梦见了高野，梦见与他在一个风景如画的湖边漫步。

江渺一觉醒来，第一眼就看见了屋角顶上的那个小圆洞，那紫色的光雾还在流淌着。还不赖，隔离系统还在工作，应该是供电恢复了吧？她顺手按下床头的按钮，房间一下子亮堂起来。

看来是高野的信息起作用了，哥哥应该没事了吧？我得马上出去看看，看青梅和离空他们是不是已经把哥哥救出来了。江渺穿好防护衣走进客厅，一眼瞥见屋角的电脑。等等，我得看看高野有没有新邮件。江渺自言自语着打开电脑，果然有一封高野的新邮件，她急忙点开了它：

> 江渺，玛雅刚刚告诉我，他父亲要带着我们飞往 D 市，去参加在那里召开的世界大囚长会议，主要议题是草拟并通过《敬告 SX——人类的忏悔与自新》。半小时后就要出发，到达时间是下午 1 点。我会想办法悄悄逃跑的，不然我们这辈子就没有机会在一起了，因为开完会回去，大囚长就要逼迫我与玛雅完婚。如果有可能的话，你到通往 D 市的马路上接应我。
>
> 只爱你一个人的高野

江渺一看邮件发出的时间还不到一分钟，她估计高野还没有离开电脑，于是，马上转入与高野的适时聊天状态。

"高野，你还在吗？"江渺静静地等待着。果然，不到 5 秒钟，高野回话了。

"我还在，见到你我真幸福！"

"我也一样，恨不得你马上飞到我身边来！"

"我就要飞到你身边去了，本来这次会议应该在 C 市召开，但你们那里的机场遭到了破坏，因此我还得费一番周折才能见到你。"

"没关系，D 市到我们那里只有不到 20 千米，我求离空叔叔开车去迎接你。"

"太好了，我们约个时间吧，你看我什么时候逃脱才方便你们接应我？"

"这个我可不好说，你觉得几点合适就几点。"

"我看这样吧，下午 3 点，那个时候会议开始后，我可以借机逃出来。"

"好的，下午 3 点，不见不散！"

"不见不散！"

江渺走出"囚屋"，几缕阳光正好从前面的树林中斜射出来，把整个树林和前面的空地照得色彩斑斓。她迎着阳光一路向东，感觉今天的阳光特别温暖、特别明媚，她走起路来也感觉特别轻巧，好像整个人都可以飞起来。

江渺很快走完了那段挨着一长溜"囚屋"的土路，再走1 000多米往左一拐，就上了那条南北走向的大马路。顺着这条路往北行进，再走一两千米就是 C 市研究所了。也许离空和青梅已经把哥哥救出来，他们正在一起商讨针对 SX 变异的应对之策呢。

江渺很快走到那座跨河而过的石拱桥上，桥下是蜿蜒流过的小河，河水清澈，碧波盈盈，岸边秋草泛黄，弱柳扶风，一派小桥流水的乡野景致。

可是，正当江渺为这幅乡间晨曲般的村景而迷醉的时候，不知从哪里蹿出一个男人来，双手一伸，拦住了她的去路。这男人没穿防护衣，一身便装邋里邋遢，一双布满血丝的眼睛狰狞地盯着她说："快脱衣服，我们一起玩玩儿！"

江渺何曾见过如此场面，她意识到危险，立即闪开那个男人的阻拦，不顾一切地向前跑去。可还没跑出 200 米就绊在一堆软绵绵的东西上跌倒了，那个紧追不舍男人很快追到她身后，一把将她提了起来，恶狠狠地对她说："看看地上是什么？不陪哥哥玩儿我就让你立即跟他们一样！"

江渺这才看见刚才把她绊倒的是一具冷冰冰的尸体，在不远处还横倒竖躺着四五具。江渺的心顿时收紧了，怕得大气都不敢出。

那男人见把江渺镇住了，就一把把她揽进怀里，伸手去按她的头盔按钮。一下，两下——

哎哟，那男人突然捧腹下蹲，痛苦地呻吟起来，原来是江渺情急中猛抬膝盖撞到了他的关键部位。趁这个当口，江渺逃脱，再次狂奔出去。

但那个受到打击的男人却不愿放弃眼看到手的猎物，他只蹲了不到10秒钟就蹿起身来继续向江渺猛追。江渺知道这下完了，只要被追上就在劫难逃。江渺已经感觉到她的左胳膊被紧紧地抓住了，有一股向后的力把她整个人往后拖，她那飞奔的姿势很快就变成了一种徒劳的挣扎。

江渺痛苦地闭上了眼睛。

但江渺等待着的那一刻并没有到来，一阵强烈的轰鸣由远而近，很快就扑面而来，那只紧抓着她的手突然松开了。江渺惊慌中睁开眼睛，看见一个红色的车头停在面前轰鸣着，两边的车门打开，几个人跳下车来，一边扬手，一边喊叫，把那个行凶的男人吓得落荒而逃。

解除了危险，江渺这才看清让她死里逃生的人原来是离空和哥哥他们。真是太巧了，他们若晚来一分钟她就完了。可是，哥哥怎么没穿防护衣？他那俊朗的脸和漂亮的头发都暴露在空气里了。难道青梅没有把高野的信息送到，哥哥没有获得赦免，要被执行裸刑了？

"哥哥！"江渺凄然叫了一声，扑进哥哥的怀里哭起来。

江浩这才看见刚才险遭不测的人是她的妹妹，顿时喜极而泣。兄妹没有对讲系统，无法正常交流，两人只能以这种久久相拥的方式表达重逢后的喜悦。

"好了，时间紧迫，大家赶快上车！"离空不容置疑地命令道。

青梅马上把兄妹俩分开，让江浩坐上副驾，把江渺扶上后座坐在她和马医生中间。

离空立即驾车驶过石桥，往右一拐，径直把车开到离江渺家不远的一座"囚屋"前停下来。

"到了，大家下车吧。"离空说着跳下车去。

"我家不是还在前面吗？还要开几百米呀。"江渺不解地问。

青梅见她疑惑，马上给她解释说："我和你哥哥要在这里安营扎寨了，离空所长把设备都带来了，这里将成为我们与 SX 进行沟通的场地。"

"可是，我哥怎么会裸露在空气中呢？他会死的，你们知道吗？你们怎么都是一副若无其事的样子啊？"江渺激动起来。

离空已经打开车子的尾箱，正在把一台仪器往外搬，他听出江渺情绪有些失控，赶紧抱着仪器走到她身边说："你哥哥不会有事的，等我们把仪器搬进去安装测试好了再跟你说吧。"

其他几个人也开始进进出出地忙活起来，很快就把尾箱里大大小小的仪器搬进来。接着就是在里面的一个房间里安装测试，不到半小时，一切搞定，一个精巧而又五脏俱全的生化工作台沿着一面墙根铺展开来。

这时，离空才稍稍松了口气，把大家招呼进客厅坐下来，然后对江渺说："你不是有很多疑问吗？你现在可以问了，我们把知道的都告诉你。"说罢，便向江渺讲起从昨晚到现在发生的一系列事件。

昨天晚上,青梅和马医生来到通往研究所那条马路的时候,路上已经聚集了许多人,显然是停电事件引起的恐慌。他们三五成群,或愤激,或恐惧,或惊慌,都朝着囚长官邸广场蜂拥而去。

青梅和马医生是去病毒研究所,有很长一段路是逆着人流走的,走了一个多小时才到达目的地。再晚一点,她们的氧气就要耗尽了。离空在过渡室一边为她们更换氧气袋,一边听她们转达了江渺从高野那里得来的信息。

一小时后,他们进入研究所,离空立即用电话向中囚长报告了这个最新信息,请求中囚长马上释放江浩,好让江浩立即与高野联手去应对SX。

但中囚长说抗议者已经包围了他的官邸,他们派出的代表正在官邸与他谈判,对方态度非常强硬,说如果不把江浩执行裸刑,他们就不会恢复电力供应,由此造成大面积人员死亡的后果一律由中囚长承担。所以他无法答应离空的请求,万望海涵。

离空无奈,只好带着青梅和马医生往大囚长官邸赶。等他们千辛万苦赶到大囚长官邸,广场上同样人山人海满是抗议者。离空等人好不容易挤到官邸隔离室的对讲视屏前，但得到的消息却是："大囚长已经带着一帮人逃到 D 市去了。"离空内心顿时涌起一种巨大的悲凉感。他只好带着青梅她们又赶回中囚长官邸广场，他要为挽救江浩做出最后努力，哪怕让他付出最大的代价，也在所不惜。

但他们还是去晚了一步。还没等他们走进中囚长官邸广场，就听见广场上一片欢腾，几盏聚光灯把整个广场照得如同白昼。人们一边欢呼着"电来了"，一边向四周慢慢散去。

离空明白，应该是抗议者们已经得逞，江浩已经被执行裸刑，所以电力才恢复了供应。

青梅当时就哭了。哭着跟离空奔向裸刑场。等他们赶到那里，江浩已经被绑在裸刑柱上 —— 也许就是当年绑过他外公曹践的那一根。

看到江浩，青梅不顾执法者的阻拦扑了上去。她已无怨无惧，心甘情愿陪江浩一并赴死，于是义无反顾地把手摁向头盔按钮。幸亏离空眼疾手快拽住了青梅的胳膊。

正当青梅试图挣脱离空的时候，大囚长从 D 市派人送来了对江浩的赦免令，免除江浩裸刑，并责令江浩立即到 C 市病毒研究所待命，随时准备作为人类使者向 SX 转达"人类的忏悔"。

其后，中囚长专程赶来为江浩松了绑，要他不计前嫌，为拯救人类做出贡献。

这真是一个天大的讽刺……而更让人尴尬的是，江浩这时已经染上病毒，已不能进入研究所，而他与病毒对话所需的仪器设备都在研究所内。

最后还是江浩想出了一个办法：把设备仪器搬出来，找一个没人的"囚屋"重新安装。

于是，最终，他们就把设备搬到了这里，并在途中救下了江渺。

"哥哥！你……"江渺在得知这一切后，满是疼惜地望着江浩。

江浩虽然听不到妹妹说什么，但能明白她的心情。于是安慰妹妹："别担心我，我不会有事的，只要我们利用这 5 天时间与 SX 达成和解，人类就会重获自由，我自然也就没危险了。"

江渺似乎也听懂了哥哥的话，会心地笑了。

"江渺，你放心，这几天有我在这里陪你哥哥，他一定不会有事的。"青梅安慰道。

离空同样流露出一丝笑容："这房子是因为发生泄漏后别人弃之不用的,这里除了江浩其他人都不能待太久,所以我把氧气更换装置也带来了 —— 青梅,如果你要留下来,要记着更换氧气袋。吃饭问题就由江渺解决吧,她家离这儿近。另外这里的电脑要一直开着,随时准备接收全球大囚长会议拟定的《敬告SX —— 人类的忏悔与自新》!"

第 32 章　龙凤合

除了江浩留在那个废弃的"囚屋"中值守以外，其余的人都回到江渺的家中吃午饭。还在吃饭前，江渺就把高野和她约定的事情悄悄告诉了离空，离空听了又惊又喜，当即决定下午开车去迎接高野。如果高野来了，和江浩珠联璧合，这样与 SX 对话成功的胜算就会更大。

吃过午饭，离空安排青梅和马医生给江浩送饭过去，自己则和江渺开始探讨接应高野的细节。他们最终决定：下午 2 点 20 分出发，3 点前赶到接应地点等候，3 点 10 分返回，3 点 50 分前赶回这里，这样中途就不必更换氧气袋，会省去许多不必要的麻烦，同时也能避免意外发生。

临近出发，江渺再次打开高野的邮箱，看高野那里有没有什么新情况，结果没有，这不免在江渺的心里生出一丝不安。

2 点 20 分，离空起动那辆红色越野车驶向 D 市。

江渺的心咚咚地跳着，一种从未有过的激动使她的面颊涨得通红。她日思夜想的高野就要来了。这让她感到不真实，仿佛那只是一个美丽的神话或是一个虚幻的梦境。

离空的红色越野车一路飞驰，很快就冲上那个能一边俯瞰 C 市，一边俯瞰镜湖的山脊。但刚开到这里，离空突然把车停了下来，有些歉意地对江渺说："抱歉，我得马上掉头回去拿几袋氧气回来。"

"你不是算好我们自带的氧气袋能维持到把高野接回来吗？"江渺不解地问。

"可是，我们没有考虑到高野的氧气剩余量，要是他为了逃走已经提前消耗得差不多了怎么办？都怪我一时疏忽啊。"

"来得及吗？高野那边可能已经开始行动了。"江渺着急地说。

"没问题，来回不过一刻钟，我在计划的时候留了余地的。你坐稳了，我要开飞车了。"离空说着已经在一个宽阔处掉转了车头。

"不，我就在这里等着，我怕高野提前来了。"江渺说着已经打开车门跳下了车。

"真是心切！好吧，就在这里等着！"离空苦笑一声，猛踩油门绝尘而去。

江渺目送着离空的车远去，心里一下子变得空落落的，离空的车很快变成一个小红点，消失在山腰的拐弯处。江渺极目远眺，只见秋阳照耀下的 C 市在她眼前展现出两道别样的风景：在南边，肆意疯长的茂密森林几乎掩盖了 C 市所有昔日的繁华与喧嚣，只有几处原来的地标性高楼还能勉强探出半截来，看上去像是为这座死去的城市树立的几块墓碑；在北边，一个由低矮"囚屋"罗列而成的市镇像一个农耕时代遗留下来的村落，宁静而安详。

江渺转过身来，一幅更加迷人的秋景映入眼帘。只见在山脚下，镜湖像一块造型随意的翡翠镶嵌在连绵起伏的小丘之间，湖面平如明镜、纤尘不染，岸边枫叶火红，青杨金黄，秋草萋萋，连同蓝天白云一起静默地倒映湖中，构成一幅意蕴悠远的秋水长天画卷。而在这幅画卷的旁边，那条灰带子似的马路绕湖而过，随后顺着南边蜿蜒而去，最后变成一根灰色的丝线消失在地平线上。在那根灰色丝线消失的地方，有几个建筑的尖顶若隐若现，那里就是 D 市，就是高野即将来这里的起点。

江渺的双眼已经迷醉在远处的地平线上，她在心里轻声呼唤着：高野，你准备好了吗？我们就要来接你了。江渺的心中涌起一股母性的温情，好像高野是一位离家多年的游子，马上就要重回母亲的怀抱。

可是，离空的车子却没能如期返回，应该超过半小时了吧，那条灰带子般的盘山公路还是空荡荡的。江渺这才着急起来：怎么会这样？难道离空叔叔把她耍了？这可不是可以开玩笑的事情啊。或者是车子抛锚了，或者是哥哥那里出了什么状况？天哪！怎么偏偏在这节骨眼上出问题？高野怎么办？他这阵肯定已经逃脱出来，已经站在通往 C 市的马路边苦苦等着了。他要是等不到我们该怎么办？他能凭自己的双腿跑到我的面前来吗？就是真的能跑过来，氧气若耗尽了怎么办……

想到这里，江渺不再对一去不返的离空抱任何希望，她身不由己地往山下跑去，心中只有一个念头 —— 早点见到高野，不管结果怎样！

高野从上了飞机的那一刻起，就开始盘算如何甩开寸步不离的玛雅，去实现他与江渺约定的计划。

飞机于下午 1 点准时在 D 市降落，没有仪仗，也没有礼炮，只有最简单的迎接。高野和玛雅随同海滨大囚长被一辆老奔驰接进中囚长官邸旁边的一个招待所，所谓的招待所就是一排日用设施齐备的"囚屋"，是专供接待各级官员和外宾用的。这个招待所前有一条顺着江边直通机场的马路，而这条马路出去不远往左一拐，就是那条通往 C 市的马路。

下午 2 点 30 分，海滨大囚长带上秘书走出"囚屋"，和其他大囚长一起走进了院子西头的一个中型会议室。全球几十位大囚长将从今天开始，在这里召开一个人类有史以来最有决定性意义的会议。在这个会议上，大囚长们将代表现存人类对自人类诞生以来所犯下的错误和罪行做出最深刻、最彻底的反省和忏悔。同时，大囚长们还将对人类及生命存在的意义和价值，以及整个宇宙生命的发展方向和终极目标进行探讨。

高野本来对这次大会的议题极有兴趣，但他顾不了那么多了，他的心早已飞到 C 市，飞到了江渺的身边。他趁玛雅上洗手间的时间飞快穿上防护衣，然后抱着玛雅的防护衣迅速走出过渡室。等玛雅从洗手间出来，只看见高野远去的背影，而她的防护衣却被高野丢在了透明窗前，她只有干着急的份儿。她一下子明白过来，这一切都是高野预谋好了的，他已经不管不顾地去会他的老情人去了，原来他对她的那些好都是在演戏。

高野没想到脱身竟然这么容易，脸上不免露出几分得意。但他还是有些同情玛雅，担心她会不会不顾一切地冲出"囚屋"，一路向他追来。但高野只有一个，他只能按照心的指引去做出自己的选择。

高野飞快地跑起来，很快就跑到了那条通往C市的马路上。高野看到了那块树立在路边的路标——C市，18千米。他在心里计算了一下，要是乘汽车，最多20分钟就能到达，要是徒步，再快也得近3个小时。车应该快来了吧？江渺说得那么肯定，她一定会想法弄到车的。高野这样想着就沿着马路大步走起来，他一刻都不想停，就是有车来接，他也可以走到离江渺更近的地方上车。

高野一口气埋头走了老远，才抬起头看了看前面的马路，还是空荡荡的，一点动静都没有。他这才抬头看了看天，只见那个斜挂南天的秋阳已经偏西，天空一碧如洗，只有西天飘着几朵瑰丽的云彩。高野看看天色，估计早已超过了他和江渺约定的时间，大概已经接近4点了。他紧张起来，难道江渺没有弄到车？还是开来的车在路上出了故障，还是江渺出什么事儿了脱不开身？高野计算着他的氧气消耗量，他这袋氧气是从离开大囚长官邸时开始消耗的，上飞机之前和下飞机之后一共用去了 40 分钟，从招待所逃出来到岔路口一共用去了 10 分钟，从岔路口走到现在大约走了一小时，几个时段加起来大约是 1 小时 50 分钟，也就是说，自带的氧气还能为他提供 10 分钟左右的安全呼吸，如果在这 10 分钟内江渺的车子还不出现，那么高野就只有脱掉防护衣去呼吸充斥病毒的空气了。

很快，高野的头盔开始嘟嘟地报警，那是氧气将在 10 分钟之内耗尽的提示音。高野顿时恐慌起来，是那种迫在眉睫的恐慌，是那种实实在在的恐慌。于是，他又加快脚步一路小跑起来，他希望出现奇迹，希望在他自带氧气就要耗尽的时刻，令他朝思暮想的江渺能像一位下凡仙女似的翩然而至。

恐惧感在不断加剧，呼吸越来越困难，他的脑海中出现了一幅美丽的画面：在宽广的地平线上，一位长发飘飘、衣袂翩跹的女子和一位身手矫健的男子相向奔跑着，他们跑啊，跑啊，跑啊，眼看就要抓住对方的手了，就差那么一点点、一点点了，可是，就在两只手即将相碰的那一瞬间，那个男子却突然消失了，那个女的抓了个空，顿时绝望地哭了，那飞溅的泪花布满了天空，变成一场大雨倾泻而下……

不！高野奋力大吼一声，啪啪啪连续 3 下按开了头盔的面罩，一股清新的空气猛然涌进了他的头盔，他贪婪地猛吸几口，顿时觉得呼吸顺畅、神清气爽。他索性脱掉了防护衣，让那被密不透风的防护衣捂得大汗淋漓的身体暴露在清凉的空气中。

真畅快！原来风流过身体的感觉居然如此奇妙，如此舒爽！高野轻快地跑起来，让这种奇妙舒爽的感觉在风的流动中一直保持着……

江渺从山上一口气跑到镜湖边，早已累得气喘吁吁，精疲力竭。她一下瘫倒在湖边的草地上，仰面朝天，一动不动……

高野到那里了，就要来了吗？

高野肯定要来了！他已经从地平线的尽头跑过来！江渺的脑中浮现出一个俊俏少年飞奔而来的画面，她连忙从草地上翻身爬起来，向旁边那个小土岗跑去。当她站到土岗顶上极目远眺的时候，恰好看到了一个灵动的小蓝点正沿着灰带子似的公路向她移动，一点一点地接近，越来越快，越来越大，后来就化成一个奔跑的人影向她飞奔而来。

哦，那就是高野吗？那就是我苦苦相思了4年的高野吗？那就是让我甘愿为之生、甘愿为之死的高野吗？ —— 我看见他的眼睛了，一双闪着坚毅与智慧的大眼睛！我看见他的头发了，一头飘逸潇洒、令人迷醉的浓密黑发！我看到他的身姿了，那是一种比猎豹还要矫健、还要敏捷的健美身姿！

此时的江渺像 4 年前的江春蓝那样，已经忘情地脱掉防护衣，如一头驯鹿似的冲下土岗，无怨无悔地向她生命中的唯一飞奔而去。高野自然也看到了江渺，看见了秋风萧瑟中的一袭红衣向他翩然飘来！

两双手同时向前伸去，青春的渴望终于如两朵带相反电荷的积云似的碰到了一起。于是一道幸福的闪电猝然爆开，差点把两个已经紧搂在一起的身体击倒。高野抱着江渺在空中旋了个圈，终于站定。他们就这样久久地拥抱着对方，拥抱着只属于他们的幸福。

年轻真好。感谢命运。

相爱的心走到一起，哪怕仅是一瞬，都是圆满。

不知过了多久，高野和江渺终于并排躺在湖边的草地上。太阳已经挂到西天的地平线上，长河落日，云如火烧，阵阵微风顺着湖湾送来清凉潮意。

江渺侧身搂住了高野的脖子，高野也侧身望向江渺。双方的视线都在不经意间停留在对方脖子下的玉蝴蝶上。那两只分别刻着龙和凤的玉蝴蝶，已经从他们的脖颈上滑落一边，并排躺在草地上。

江渺把那只刻有龙的玉蝴蝶拿起来叠在自己那只刻有凤的玉蝴蝶上，喃喃地说："它们终于合二为一了。"

这时，山脊那边隐隐传来汽车轰鸣声，江渺兴奋地跳起来：一定是离空叔叔来接我们来了。我们可以回家了。

果然，一辆红色越野车翻过山脊，飞速掠来，哧地一声停在他们面前。

离空从车子上跳下来，一脸悲痛地看着他们。

"离空叔叔，你到哪里去了？怎么现在才来呀？"江渺一脸幸福地笑着问。

"我……"离空手忙脚乱一顿折腾，给自己的面罩接上传声器，作为病毒研究所所长，他是配有这种工具的，但平时几乎没用过。"我去找你哥哥了。青梅说他不见了，这可把我吓坏了，我们可不能没有他呀！后来我在你家'囚屋'前的树林里找到了他，他说他看到了你们的外婆，就把她老人家埋了。可是你们，哎！"离空看着眼前这对若无其事地暴露在空气中的年轻人，急得跺脚。

　　江渺透过离空的面罩看着那张悲痛欲绝的脸，一脸满足地说道："离空叔叔，没关系的，高野来了，我们能在一起比一切都重要。你不要自责，再说若跟 SX 和解了，我们不是就都安全了吗？放心吧，没事的。"

　　"是啊，我们不怪你！"高野附和。

　　离空强忍悲痛笑了笑："好吧，祝福你们。走，我带你们到抽婚广场去！"

　　"难道今天又到了抽婚的日子了？"江渺问。

　　离空点点头。驾车一路飞驰，很快来到抽婚广场。

　　这时，广场上已经有很多青年男女排队站在抽婚台附近，在那台婚配机前，一个穿着紫色防护衣的女青年正把一个写有男青年名字的小圆球拿出来，递给身边的司仪。司仪拿过小圆球看了一下，念出一个男青年的名字。接着一名男青年便跑上台去，迫不及待牵着女青年的手到旁边的登记台去登记。

　　离空带着江渺和高野径直来到抽婚台附近，江渺和高野不解其意，心里难免有些紧张。"你们在这儿等一下，"离空说罢走向坐在登记台正中位置的中囚长，低声说了几句什么，然后就回头示意江渺和高野走上抽婚台。江渺和高野略一犹豫，便走了上去。

这时，中囚长站起身，透过面罩笑眯眯地看了一眼江渺和高野，然后朗声说道："暂停抽婚！现在，我们要为一对特别的新人举行一场病毒纪最伟大的婚礼！这对新人就是刚刚走上抽婚台的江渺和高野！"

台上台下稀稀落落响起掌声，但更多的是诧异。而更让人诧异的是，正在这时，江浩牵着一身粉色衣裙的青梅也走上台来。江浩朝那位中囚长挥挥手说："等等，还有我们呢！"说着牵了青梅站到了江渺和高野身边。

中囚长见眼前的新人由一对变成了两对，一时有些不知所措，连准备好的台词都忘了。

离空见状，赶紧站出来为中囚长救场："尊敬的中囚长，各位司仪，台上台下的新娘、新郎们，只有我们病毒纪的人才知道，今天的婚礼是多么特别，多么伟大，多么感人至深！江渺和高野，这对通过网络相识的恋人，他们分别来自两个病毒研究世家，他们的祖上在病毒纪前结婚，但因 SX 病毒突然降临，他们不得不在新婚之夜洒泪分离，从此天各一方，各自结婚生子……但在今天，他们的第五代后人要在这里再续前缘了，你们说这算不算一段闻所未闻的旷世奇缘？还有这位青年，他和刚刚介绍的新娘是亲兄妹，他叫江浩，他就是那个即将代表人类与病毒对话的神圣使者，他昨天才在那些所谓的抗议者的威压下，被判裸刑……而他身边的这位姑娘叫青梅，她为了爱情，毅然脱掉了防护衣……"

离空滔滔不绝的演讲迎来了一片唏嘘与感叹，好多人为此感动落泪。

就在这样一种氛围中，一个意想不到的场景出现了，只见台下在一阵小小的骚动之后，又有几十对男女脱掉了防护衣，手牵着手走上了抽婚台……他们要用行动、用年轻人的勇气和决心来支持江浩与 SX 的这场对话。生命诚可贵，真爱价更高，为了自由，他们已无所畏惧。

第 33 章 苏醒

一夜的欢愉并没有让江浩忘记他的使命,他一早醒来就来到工作台前,点开了那台与病毒监测仪相连的电脑。然后,他便看到一个把他惊得目瞪口呆的现实:SX 变异的速度呈几何级数增加,基因螺旋链上的蛋白单元更新即将完成!他赶忙把新近变异的蛋白质单元"翻译"过来,结果竟是这样一段文字:

人类,我是 SX!尽管你们并不愿意,但已经到了送你们上路的时候了……

江浩惊呆了,他万没想到 SX 竟然会表现得如此决绝,似乎再不留半分余地。江浩不由得打了个寒战,失声惊呼:"江渺、青梅……情况不妙,你们快来看看!"

青梅、江渺、高野一骨碌爬起来,胡乱穿上衣服跑到生化工作台前。

"哥哥，怎么了？"江渺急切地问。

你们自己看看吧。江浩用鼠标指指电脑上那个 SX 的螺旋结构和刚刚翻译出来的那段文字。

"唉！"高野一声叹息，"看来 SX 是失去耐心了。"

"照你这么说，我们的隔离系统马上就要失效了是吧？"江渺问。

高野满面肃然："这还不算最可怕的。最可怕的是，SX 的螺旋结构已经彻底改变，这可能意味着它连最后的 5 天也不留给我们了 —— 它传达的指令很可能是'立即执行'！"

"那该怎么办？"青梅望着江浩，"难道我们一点办法也没有了？"

江浩想了一下，说："希望大囚长会议能尽快达成共识，能真正出具一份有说服力的《敬告 SX —— 人类的忏悔与自新》。"

"那快让离空叔叔打电话催催他们啊！"青梅急迫地说。

"离空叔叔肯定催了，他比我们还急。等等吧，急也没用。"高野说道。

大囚长会议室，十几位大囚长从会议开始就没停止过争论。

争论的原因不外乎以下几点：

一、对 SX 使用何种称谓。因为信仰不同，仅这个称谓，就让十几个大囚长争执不下，最后只能取最大公约数，直接称"尊敬的 SX"。

二、人类究竟犯了哪些错，该如何改正错误，并保证永不再犯。比如对环境的破坏，比如热核武器是否应该销毁，比如如何恢复生态，善待地球上的一切生物，等等，这些问题同样棘手，挨个讨论下去必然旷日持久，但江浩、高野等不及，他们已经没时间了。最终讨论结果是，热核武器坚决销毁，生态问题目前已不是问题，因为人类只剩下三千万人，地球生态基本恢复了。

三、今后道路的选择问题。这是重点，因为今后的发展路径若有问题，必然会导致 SX 卷土重来……最终的讨论结果，是严格控制人口基数，以科学的算法通过计算机精密测算，看看地球所能承受的最合理人口数量是多少，并且将来决不超过这个数值……

四、谁来起草这份《敬告 SX——人类的忏悔与自新》，这同样很难，讨论结果是投票决定，从作家、哲学家、病毒学家、医生、教士这 5 个职业类别中选出。投票结果是病毒学家，于是执笔的任务顺理成章便落到了江浩和高野身上。

离空在会议有了定案之后，立即将会议精神和执笔任务通过电脑火速传给江浩、高野。

江浩、高野头大如斗，但时间不等人，只能硬着头皮上了。于是开始紧急起草《敬告SX——人类的忏悔与自新》，好在这方面江、高二人此前都曾用过心，并且对SX的了解也最深，写起来的确比其他人更合适。内容如下：

尊敬的SX：

我江、高两家五代人90余年来与您多有交集，虽少有善终，但绝无恨意。盖因自人类诞生以来，一路茹毛饮血、披荆斩棘，走到今天，已造成颇多恶果。

特别是近五百年来，随着科技不断进步，人类越来越自以为是，野心、贪欲不断膨胀，环境惨遭破坏，资源过度耗损，大量热核武器更为地球埋下一个巨大的火药桶，人类的狂飙突进已经严重威胁地球生态圈的正常运转，幸好这时阁下现身示警，力挽狂澜——在此，今我江浩、高野，谨代表全人类向阁下致以最崇高的敬意。感谢您用心良苦，感谢您为保护地球生态圈所做的一切!

人类已经知错，并向您做出庄严承诺：自今日始，人类将着手销毁全部热核武器，善待环境，友善自然，睦邻异类，与地球上所有生命和谐共存。

同时也恳请您放过人类，给人类一次改过自新的机会!

全人类幸存者敬上

病毒纪元 94 年 11 月 19 日

江浩、高野写完，立即传至大囚长会议中心，并特别注明时间已经不多，需要大囚长们尽快拍板确认。

但众大囚长一时却难以统一意见。毕竟事关全人类生死，需要慎重。特别是来自西方的那些大囚长意见更大。他们认为这封信姿态还不够低，忏悔之意还不够浓，他们主张要像敬仰神明一样敬仰 SX，主张全人类应该以匍匐在地，以侍奉大神、侍奉主子的心态来面对 SX。但来自东方的大囚长们则不赞成这样，认为江浩、高野这样写就可以了。东、西双方大囚长争执不下，甚至吵到要翻脸的地步。最后主持会议的 C 城大囚长拍了桌子，怒问："事到如今，我们人类还在争执，还要分裂，试问这样的人类还配拥有未来吗？"

一位来自北美的大囚长说道："那就听我的，像敬仰我们唯一的神一样敬仰 SX。"

C 城大囚长淡淡地问了一句："有用吗？你们的大神今安在？SX 肆虐 90 多年，整个美洲如今加起来也不过十来万人，试问你们的神可曾保护你们？" C 城大囚长虽未言明，但言外之意就是，闭嘴吧，现在哪里还有你们说话的份儿！

一句话将北美大囚长堵了回去。欧洲两位大囚长张了张嘴，想要声援一下北美大囚长，但伸了伸脖子，却把想说的话咽了回去。在应对 SX 方面，欧美是失败的典范，甚至远不及非洲。他们本质上已经失去在全人类事务上指手画脚的资格。

北美大囚长恼羞成怒，愤然离席，并代表欧洲两位大囚长表态："好吧，我代表北美和欧洲弃权。"

"是这样吗？" C 城大囚长目光扫向欧洲两位大囚长。

"不，我们欧洲不同意弃权，人类需要团结，我的意见是 ——"那位欧洲大囚长话还没说完，身在现场的离空打断了他的话："各位囚长先生，作为一位病毒研究人员，在这件事上，我的意见是我们应该尊重科学……江浩先生、高野先生连续五代人与 SX 打交道，深谙 SX 秉性，在这种情况下，我的建议是政治应该服从科学，而不是相反。"

"但此事关系全人类生死，姿态放低一点不是坏事，必要的虔敬之心是要有的。我提议，除了江先生、高先生负责与 SX 沟通之外，我们全人类也要同时行动起来，比如销毁核弹，发动全人类立即开始祈祷，祷词我们可以另拟一份，比如：伟大的 SX，我们赞美你的伟力，颂扬你的荣光，我们……"欧洲那位大囚长表面上虽做出妥协，但内心深处还是不敢完全相信江浩、高野，所以提出还是要祈祷。

"好吧，祈祷可以有，各大囚区自行拟定自己的祈祷词吧，大方向是以虔诚的心态悔过向善，表达追求美好未来的决心意志——都别争了，就这么定了。"C 城大囚长最终拍板，结束了这场争论。

这之后，各大囚长立即着手草拟自己大区的祈祷词，拟好后立即传到所属大区，发动民众开始祈祷。于是，短短几个小时内，全球民众被发动起来，各种天神、释迦、神圣 SX、唵嘛呢叭咪吽之类祷词余音绕梁，成为世纪一景。

就在大囚长会议争执不下的那段时间里，江浩已经坐到了那台病毒转录嵌接仪前，开始了《致 SX——人类的忏悔与自新》的转录嵌入工作。

"急什么，要不再等等那些大囚长的决定吧。"青梅提醒江浩。

"怕来不及了，等他们相当于等死啊。"江浩回答。

"但未经大囚长授权，我们便擅作主张，若与 SX 沟通不成功，他们说不定会吊死我们的……"青梅提醒。

高野淡然一笑："若真与 SX 沟通不顺利，我们最多只能再活 3 天，既然如此，还在乎什么？干吧。"高野支持江浩。

"干吧。"江渺同样支持哥哥。

"唯一死尔！"江浩昂首，抱着一种赴死之心，在江渺、高野几个人的注视下，把"尊敬的 SX"几个字翻译成蛋白质单元嵌入 SX 的一条螺旋链条上。这个过程极其复杂、缓慢，从事操作工作的江浩暂时虽未感到吃力，但一旁的江渺、青梅却已紧张得背脊生凉，额头冒出细汗。

转录嵌入工作还在继续——"我江、高两家五代人 90 余年来与您多有交集，虽少有善终，但绝无恨意。盖因自人类诞生以来，一路茹毛饮血、披荆斩棘，走到今天，已造成颇多恶果……"在嵌入这段文字的过程中，江浩仿佛跟着人类从十几万年前一路走来。这一路上，沿着非洲海岸线，有晴空万里、风和日丽，也有凄风苦雨、电闪雷鸣；有阳关大道，也有泥泞坎坷；有风平浪静，也有惊涛拍岸；有歌舞升平，也有血雨腥风……人类一路走着，走着，从非洲到地中海，然后分为两支，一支继续向西，进入欧洲，另一支则经埃及进入中东，由中东进入东南亚、东北亚……

他仿佛看到远古先民们迈着蹒跚的步履在荒野与密林中跋涉，一手拿石器，一手拿长矛，树叶蔽体，茹毛饮血……

他仿佛看到奴隶社会的人类驾着战车在烟尘滚滚的原野上相互残杀，俘虏沦为奴隶，有的被推进贵族的墓穴为主人陪葬……

他仿佛看到封建时代的人类鲜衣怒马，往复驰骤，鼓角连天，时而江山易主，时而盛世太平……

这之后，时代进入快车道，"一战""二战"接踵而至，机枪、火炮、原子弹相继产生，一茬茬的人类被自己的创造物所收割……理性精神荡然无存，贪欲与野心横行不法……人类这辆失控的列车越开越快，越跑越偏……

转录嵌入工作继续进行。这时离空传来消息："通过了，开始吧，就按你们拟定的《致 SX—— 人类的忏悔与自新》执行。"

"已经开始了。"江渺回复离空。

"好的，全球所有人都在为你们助力……"离空大致讲了一下关于全球各大囚区开始祈祷的事。一旁的高野不屑："祈祷有用吗？"

当然不仅仅是祈祷。这时各大囚区的士兵和治安部队也紧急行动起来，一队队穿着抗辐射服的军人迅速进入一个个秘密基地，大量核弹被寻出，并着手公开销毁。这样的拆除分队在同一天，在全球范围内出动了一百多支 —— 那把几百年来高悬于人类和所有地球生命头顶的达摩克利斯之剑终于要被彻底解除了。

坐在生化台前的江浩这时也到了关键时刻，他敲击键盘的手指在飞速点动，被转录为与 SX 对话的类生物微波悄无声息融入 SX 基因蛋白之中，突然，SX 的基因蛋白质编码开始扭曲、旋转，转速越来越快，在电脑屏幕上形成一个高速旋转的旋涡，类似于一个台风眼或者说是足够吸走所有人目光的黑洞。

江浩愣住了。

"怎么回事？"高野、江渺同时惊呼。

嗞的一声微响，电脑突然爆起一片雪花，然后蓝屏。这之后，还没等江浩他们反应过来，电脑声控系统突然传来一个略带金属质感的声音："可恶的人类，你把我吵醒了。"

"啊！"江渺最先失声惊叫，"你是谁？"

"你说呢？"电脑中那个声音反问。

"你，你是 SX ？"青梅同样语带颤音。

"我是，但也不全部是。"那个声音回答。

江浩长嘘了口气，最先从震惊中回过神来："如果我没猜错，你应该是'沉睡者'吧？"

"嗯，"那个声音语气里略带一丝诧异，"你怎么知道的？"

"我是病毒学家，我们江、高两家与病毒、与基因已经连续打交道五代了。在所有地球生物基因中，可用作有效表达的基因片段平均不足百分之十，剩下的一大部分，都是沉睡态或者说闲置态，但这种状态绝非真的无用。人类在这方面已潜心研究上百年，虽然暂时没有产生重大成果，但业内大多专业人士都认为，这些闲置沉睡基因只是在等待特定时机、特定环境被'唤醒'——基于 SX 的肆虐，基于闲置基因的沉睡，基于你刚才说——'你吵醒我了'——所以我才推测你是'沉睡者'。"

"但你说错了，我并不是'沉睡者'，而是'探索者'。"那个声音回答。

"探索者？"江浩不解。

"我来自遥远的地外星系。我的任务是探索宇宙中各种生命的成因。你可以把我当作你们的同行。但我们的文明应该早于你们上亿年。我们的文明认为，宇宙间所有生命的形成，可能都源于一位大能。我们将那位大能称为'编程者'。早在恐龙灭绝的时代，我便已经来到地球。当时的地球已从恐龙灭绝的阴影中走出来，地球上草原遍布，各种生命欣欣向荣，鸟类开始出现，部分哺乳动物正逐渐走向生态链顶端，不同物种千姿万态，寻觅着独属于自己的传承路径……当时我被这一切惊呆了。因为我发现，在地球生态链中，我居然找不到'编程者'的痕迹，或者说，大自然就是你们的'编程者'……这怎么可能？这完全推翻了我的认知，于是我决定长期留下来，要将地球生命的形成和繁荣彻底研究透，但当我将自己的意识融入病毒并嵌入地球各种生物的基因后，我发现自己上当了 —— 我被俘获了，成了地球生物基因的一部分 —— 我被你们的闲置基因层层包裹住，并且受到了地球生物基因中异常生物电波的干扰，研究竟然无法顺利进行。于是我进入了久长的沉睡态，直到人类诞生，我才得以偶尔醒来一次。这也就是 SX 只能打击人类，却无法伤害其他物种的原因。"

"那我们人类的诞生又是怎样促使你苏醒的呢？"江浩不解。

"你们的基因有别于地球其他物种的基因，虽然这种差异极小，但当生物电化学反应在基因层面展开时，频率和电子扰动值却是不同的，而我的意识波恰好与你们人类相近，这才导致了我的偶尔苏醒。"

"既然人类得以让你苏醒，那你为什么还要毁灭人类呢？"江浩问。

"我们是同行。既然同为探索者，你应该能理解我的。我们的目的应该是探索真理，但你们人类却破坏了地球生态，让地球生态链产生了断裂的危险 —— 这影响了我的研究，所以我要惩罚你们。"

"但你刚才也说了，说我们是'同行'，有你这么对待同行的吗？"高野问。

"但你们这种'同行'也是我研究的'标本'，小小惩戒一下'标本'有什么不可以？"

"小小惩戒？"高野怒了，想到这 90 多年里上百亿人死于

SX 之手，"我 —— 我恨不得捏死你！"

"嗬嗬。"那声音笑出了声，"小娃娃有志气，对我胃口。"

江浩担心高野意气用事，于是转移了话题，问道："您刚苏醒时说过句话，您说'可恶的人类，你把我吵醒了'—— 对您来说，被吵醒很不好是吧？"

"很不好。被你们吵醒是件很痛苦的事，这让我的意识深受电子异常扰动之苦，思绪会发生极大混乱，打个不恰当的比方，这有点类似于你们人类的更年期综合征 —— 我现在状态很差。"那个声音透出一种烦躁不安。

"抱歉。事关全人类安危，而且我做 SX 基因蛋白转录时，并不知道 SX 背后有你存在。"江浩顿了顿，"探索者先生 —— 我最尊敬的同行，我有几件事现在必须向您请教。"

"你快说。"那声音似乎有些不耐烦了。

"其一，我想请求您放过人类。"

"同意。"

"其二，我想知道您是怎样操纵 SX 的。"

"SX 已经遍布地球大气层，类似于携带正、负电子的云

层 —— 你明白了吧？"

"明白了。您的意思是：您可以利用'自由电子' 瞬间召唤所有SX——SX不但可以作为你的意识载体，而且整个地球大气层中的SX通过'无线联网'，还可以作为你的超级计算机使用。"

"聪明。"那声音赞叹。

"我想知道您的来历。"江浩说。

"我同样想知道自己的来历。这么说吧，我们将自己的文明称为'蠕虫文明'或'深坑文明'，我们最早的载体是冰冷愚蠢让我们深感绝望的硅基。但对有志于探索整个宇宙的我们来说，所有物质都受光速限制，无法远行，无法突破速度极限，于是最终我们经过亿万年努力，才摆脱了物质局限，开始以意识态遨游宇宙。但我们对于自己是怎么来的、究竟是谁创造了我们却不得而知，也因此我们才推测这宇宙中应该存在一位'编程者'，但是在地球上经历的一切却让我开始否定这种猜测。因为从目前我掌握的情况看，至少你们地球生物的形成，应该不是'编程者'所为。"

"我明白你的意思。地球上所有生物都是'弥散态'的，每个物种在基因表达上虽然相近，但却都在探索独属于自己的生存路径。难道你们不是这样吗？"

"我们不是。我们起自硅基，我们的路径太单调，没有地球物种的繁复和多向性 —— 我们属于一条路走到黑的类型，比如我，已经在地球上被困上亿年了，至今仍不得脱身。"那个声音透出一丝懊恼。

"我们可以助你离开地球。"

"但我不会走，我已跟你说了，我是一条路走到黑型，这是由我的意识态决定的。"

"好吧，随您。现在我想向您请教宇宙中的各种文明……"

"按我们的推测，文明可分5层。第一层：拥有了自我意识，开始探索自我与宇宙的对应关系，比如你们人类；第二层：将自我意识从物质中解放了出来，可在星际大范围移动，比如我；第三层：目前尚处于猜测求证阶段，一个或一群可以创造文明的大能，也就是我们说的'编程者'；第四层：无视空间时间限制，一念之间，便可到达本宇宙任何一个点位，本宇宙就是他的一个小屋；第五层：随心所欲往来于各宇宙中，于他，宇宙只是个玩具，只要他想，随手便可制造个宇宙出来……当然，这只是我们在宇宙行游过程中我产生的推测……"

"谢谢你。"

"不必谢。希望我下次醒来，还可以见到你。我要睡了。"

第 34 章　尾声

3 万年后，空寂的太空中，传来一阵听不到的、没有声音的声音：

超级粒子江渺："可恶，这宇宙太小太挤啦，星星密密麻麻，我都快害密集恐惧症啦！"

自由粒子高野："我们现在是超光速态，感觉宇宙变小变拥挤很正常啊。"

超级粒子青梅："我也感觉好烦，这宇宙太无聊了。"

超级粒子高野："要不咱们到本宇宙之外转转？"

超级粒子江浩："我看行，不然我们创造个贪吃宇宙，把现存宇宙每个咬上一口尝尝……"

图书在版编目（CIP）数据

极限生存 /银河行星著．--北京 :北京理工大学
出版社，2022.8（2023.5重印）
　ISBN 978-7-5763-1421-2

　Ⅰ．①极… Ⅱ．①银… Ⅲ．①幻想小说 - 中国 - 当代
Ⅳ．① I247.5

中国版本图书馆 CIP 数据核字（2022）第 110037 号

出版发行 / 北京理工大学出版社有限责任公司
社　　址 / 北京市海淀区中关村南大街 5 号
邮　　编 / 100081
电　　话 /（010）68914775（总编室）
　　　　　（010）82562903（教材售后服务热线）
　　　　　（010）68944723（其他图书服务热线）
网　　址 / http:// www.bitpress.com.cn
经　　销 / 全国各地新华书店
印　　刷 / 三河市华骏印务包装有限公司
开　　本 / 880 毫米 ×1230 毫米　1/32
印　　张 / 10.5　　　　　　　　　　　　责任编辑 / 李慧智
字　　数 / 190 千字　　　　　　　　　　文案编辑 / 李慧智
版　　次 / 2022 年 8 月第 1 版　2023 年 5 月第 2 次印刷　责任校对 / 刘亚男
定　　价 / 46.80 元　　　　　　　　　　责任印制 / 施胜娟